dtv

»Damals wußte sie noch nicht, daß ein Sklave die Sprache seines Herrn verstehen und sprechen muß, wenn er sich einigermaßen in dieser Welt behaupten will. Erst viel später begriff sie und fing an, sich alles anzueignen, worüber man mit Männern reden konnte. Ihr Wissen war zwar nur oberflächlich, aber es genügte, um den Jargon der Kaufleute, Politiker und Künstler zu verstehen. Sie kam in den Geruch, eine Frau zu sein, mit der man wie zu einem Mann reden konnte, und von dieser Zeit an waren ihre Unternehmungen von einigem Erfolg gekrönt.« – Nach dem Unfalltod seines Vaters will Toni Pfluger das Landhaus der Familie verkaufen. Eine Interessentin findet sich ein. Niemand kommt darauf, daß es sich dabei um Elisabeth handelt, die einst mit Tonis Vater verheiratet war und Mann, Liebhaber und Kind verließ, weil sie sich nicht damit abfinden wollte, immer nur Objekt zu sein oder Objekte zu suchen, für die Liebe und anderes.

Marlen Haushofer wurde am 11. April 1920 in Frauenstein/Oberösterreich geboren, studierte Germanistik in Wien und Graz und lebte später in Steyr. Ihre Erzählung ›Wir töten Stella‹ wurde 1963 mit dem Arthur-Schnitzler-Preis ausgezeichnet. 1968 erhielt sie den österreichischen Staatspreis für Literatur. Sie starb am 21. März 1970 in Wien.

Marlen Haushofer

Eine Handvoll Leben

Roman

Deutscher Taschenbuch Verlag

Von Marlen Haushofer
sind im Deutschen Taschenbuch Verlag erschienen:
Begegnung mit dem Fremden (11205)
Die Frau mit den interessanten Träumen (11206)
Bartls Abenteuer (11235)
Wir töten Stella (11293)
Schreckliche Treue (11294)
Die Tapetentür (11361)

Ungekürzte Ausgabe
Dezember 1991
6. Auflage Februar 1998
Deutscher Taschenbuch Verlag GmbH & Co. KG,
München
© 1955 Paul Zsolnay Verlag Gesellschaft m. b. H.,
Wien/Hamburg
ISBN 3-552-03624-5
Umschlagkonzept: Balk & Brumshagen
Umschlagbild: ›Liebespaar am Frühlingsabend‹ (1925)
von Conrad Felixmüller (© VG Bild-Kunst, Bonn 1997)
Gesamtherstellung: C. H. Beck'sche Buchdruckerei,
Nördlingen
Gedruckt auf säurefreiem, chlorfrei gebleichtem Papier
Printed in Germany · ISBN 3-423-11474-6

*Und sie lebten, da sie ja nicht
der Tote waren, ihr Leben weiter.*

Robert Frost

1

Im Mai 1951 starb in einer österreichischen Kleinstadt ein gewisser Anton Pfluger an den Folgen eines Autounfalls. Auf dem Weg von seinem Landhaus in die Stadt fuhr er nämlich, ohne jeden ersichtlichen Grund, gegen einen Alleebaum und zog sich einen Schädelbruch und innere Verletzungen zu. Da er nicht mehr das Bewußtsein erlangte, nahm man an, eine plötzliche Übelkeit habe ihn befallen. Anton Pfluger hatte wenige Tage zuvor seinen fünfzigsten Geburtstag gefeiert und vielleicht dabei des Guten etwas zuviel getan.

In den folgenden Wochen stellte sich heraus, daß die finanzielle Lage der Hinterbliebenen nicht so günstig war, wie man angenommen hatte.

Die Familie Pfluger besaß seit mehreren Generationen eine kleine Nägelfabrik und galt als gut fundiert. Anton Pflugers Sohn, der wiederum Anton hieß, aber Toni genannt wurde, zur Zeit dieses Ereignisses ein junger Mann von zweiundzwanzig Jahren, besuchte die Universität. Er hätte zwar auch ohne diese Ausbildung Nägel verkaufen können, aber des Ansehens halber und weil Toni selbst es vorzog, in der Großstadt zu leben, hatte man ihm eine akademische Bildung zugebilligt.

Dieser junge Mann, der sich keinesfalls für Nägel interessierte, sah sich plötzlich in einer schwierigen Lage. Schließlich überließ er die Leitung der Fabrik ganz dem Prokuristen, einem entfernt verwandten Pfluger, der sich von Kindheit auf mit Nägeln befaßt hatte und von dem er annehmen konnte, er werde den Betrieb ehrlich verwalten.

Nun hatte sich gerade einige Monate vor dem Tod des Seniorchefs seine Tochter verheiratet und sie, oder vielmehr ihr Gatte, bestand auf der Auszahlung ihres Erbteils. Es wurde hin und her beraten, und nachdem man mit knapper Not einen Familienzwist vermieden hatte, beschloß Toni, das Landhaus zu verkaufen und mit dem Erlös die Schwester auszuzahlen.

Das Sonderbare an der ganzen Sache war, daß die Witwe bei diesen Auseinandersetzungen ganz auf seiten ihres Stiefsohnes stand, gegen die leibliche Tochter. Denn Toni Pfluger war ein Kind aus der ersten Ehe seines Vaters mit einer Frau, die fünfundzwanzigjährig im Fluß ertrunken war. Ein Jahr nach diesem Unfall hatte Anton Pfluger ihre beste Freundin geheiratet und hätte seinem Kind keine bessere Mutter geben können.

Aus irgendeinem Grund hatte Frau Käthe immer den Stiefsohn ihrer Tochter vorgezogen. Sei es, daß sie, wie viele Frauen, Mädchen nicht mochte oder daß sie in ihm ihre tote Freundin weiterliebte.

Der Vater indessen befaßte sich viel mehr mit der Tochter als mit Toni, der, wie seine Mutter, eigenwillig und schwierig war und eigentlich nur gegen seine Stiefmutter eine gewisse Anhänglichkeit zeigte. Das heißt, er duldete ihre Zärtlichkeiten und entwickelte, als er älter wurde, gegen sie eine Art Ritterlichkeit und Nachsicht, zu der sie übrigens durch ihre blonde, weiche Hübschheit alle Männer herausforderte.

Manchmal, wenn sie sich mit ihm unterhielt, spürte sie deutlich jenen Abstand, den auch seine Mutter, bei aller Freundschaft, immer eingehalten hatte. Die Gabe, im Zuhörer den Eindruck zu erwecken, es werde ihm außergewöhnliches Vertrauen bezeigt, während man ihm das Wesentliche verschwieg, hatte er von seiner Mutter ererbt.

Frau Käthe fühlte sich dann ein wenig beklommen, strich ihm über das goldbraune Haar und vergaß ihre eigenen Angelegenheiten, während sie die grauen Augen ihrer Freundin aus dem schmalen Bubengesicht ansahen. Sie wußte nicht, daß das Gefühl, das sich in ihr regte, einfach Heimweh war, und da sie nie denken gelernt hatte und einen einmal gefaßten Gedanken sofort wieder vergaß, kam sie auch nie dahinter.

Übrigens war das Leben der Familie immer recht friedlich verlaufen, dank Frau Käthes Gutmütigkeit, mit der sie die Nörgeleien ihres Gatten und die leichte Aufsässigkeit der Tochter ertragen hatte.

Jetzt nach dem Tod ihres Gatten und der Heirat der Tochter fing sie an, sich ein wenig gehen zu lassen. Niemand konnte sie noch bevormunden. Sie durfte Süßigkeiten naschen, soviel sie mochte, daheim im Schlafrock umhergehen und sich nach dem Essen auf den Diwan legen, mit einem jener Familienromane, über die ihre Tochter gelächelt hätte.

Der gute Toni dachte nicht daran, sie zu kritisieren. Er brachte ihr Blumen und Konfekt und war nicht, wie sein Vater, gereizt, wenn sie ihre Freundinnen zum Kaffee einlud.

Manchmal ließ er sich den neuesten Tratsch von ihr erzählen und machte witzige und mäßig boshafte Bemerkungen darüber, und sie fand, daß sie sich ausgezeichnet verstünden.

Als er ihr eines Tages den Vorschlag machte, das Dienstmädchen zu entlassen und an seiner Stelle eine Tageshilfe aufzunehmen, war sie sofort dazu bereit. Sie versperrte einfach die unbenützten Zimmer und verkleinerte den ganzen Haushalt.

Auf ihre Frage, was er gegen das Mädchen habe, hatte Toni nach leisem Zögern geantwortet: »Sie stört.«

Und Frau Käthe fand plötzlich, er habe recht. Nie wäre sie selber darauf gekommen, das leichte Unbehagen, das sie manchmal beschlich, auf das große fremde Gesicht zurückzuführen, aber da Toni es gesagt hatte, mußte es wohl so sein.

Nachdem das Mädchen weg war, hielt er sich viel zu Hause auf. Sie hörte ihn in seinem Zimmer hin und her gehen oder sah ihn im Garten unter den Obstbäumen liegen; lesend, träumend oder in Schlaf versunken.

Manchmal tauchte er bei ihr auf, half ihr Wolle abwickeln und bezauberte für eine Viertelstunde ihre Freundinnen, kurzum, er benahm sich so, daß man sie allgemein um diesen Stiefsohn beneidete.

Toni hatte ihr den Vorschlag gemacht, nach dem Verkauf des Hauses eine kleine Wohnung in der Stadt zu mieten, gerade groß genug für sie beide, und sie war auch damit einverstanden gewesen. Das Haus bedeutete ihr nichts, in Wahrheit hing sie nur an ihren Gewohnheiten: dem Frühstückskaffee, dem Jausentratsch, Romanen, Süßigkeiten und dem wöchentlichen Kinobesuch. Ihr voller weißer Körper strömte Behagen aus und verlangte nach Behagen. Eigentlich brauchte sie, bei allem Wohlwollen, keinen anderen Menschen als Toni. Für ihn hätte sie sogar ihr bequemes Leben aufgegeben, ohne zu überlegen, denn er war es, oder vielmehr seine tote Mutter in ihm, der in ihr Leben Duft und Farbe brachte und die winzige, bohrende Sehnsucht nach etwas Unbekanntem.

In den folgenden Wochen tauchten vereinzelte Käufer auf, aber Toni konnte sich mit keinem einigen. Endlich beschloß man, doch in den Forderungen nachzulassen, wenn sich der nächste ernsthafte Bewerber zeigen sollte.

Mitte Juli kündigte der Agent aus der Großstadt den Besuch einer gewissen Mrs. Betty Russel an, die sich für das Haus interessiere.

Eines Nachmittags kam sie schließlich und wurde von Toni mit dem Wagen, der den Unfall des alten Pfluger überlebt hatte, abgeholt.

Ihr Deutsch war ohne jeden Akzent, und sie erwähnte, sie habe sich früher einmal längere Zeit in Österreich aufgehalten. Sie war eine magere, feinknochige Frau, deren Alter man schwer abschätzen konnte. Toni schwankte zwischen achtunddreißig und fünfzig und gab es schließlich auf, um auf den Wagen zu achten, denn ein kleiner Respekt vor Alleebäumen war ihm geblieben.

Mrs. Russel trug ihr goldfarbenes Haar kurzgeschnitten und glatt, es blieb aber niemals ruhig liegen, sondern hob sich fortwährend wie eine leichte Wolke von ihrer Stirn ab. Die große Sonnenbrille verdeckte ihr halbes Gesicht, das ohnedies klein war wie das eines Kindes, mager und belebt von einem reizvollen spottlustigen Mund. Sie sah nicht aus, als werde sie sich ein Haus um einen Preis verkaufen lassen, der ihr zu hoch erscheinen mochte.

Toni beschloß bei sich, ihr so weit wie möglich nachzugeben. Die ganze Angelegenheit hing ihm nachgerade zum Hals heraus, und er wünschte seine Schwester, seinen Schwager und die Nägelfabrik zum Teufel und sich selber weit weg, in angenehme Gegenden, ohne nennenswertes Geld und frei. Aber er wußte natürlich, daß er derartigen Versuchungen niemals nachgeben würde.

Die Frau an seiner Seite war jetzt ganz still und sah ein wenig hochmütig aus, es mochte aber auch nur Müdigkeit sein, die sie verbergen wollte. Plötzlich hatte Toni das Gefühl, sie sei eine sehr kranke oder unglückliche, aber schrecklich zähe Person, und er seufzte leise bei der Vorstellung von ihrer Hartnäckigkeit.

Nach der Begrüßung zeigte Käthe Pfluger der Fremden ihr Zimmer und lud sie ein, sich ein wenig zu erfrischen. Aber schon nach zehn Minuten erschien sie wieder, diesmal mit einer lichtgrünen, zarteren Brille, woraus man schloß, sie leide an einem Augenübel.

Sie ließ sich sogleich von Toni das Haus zeigen, besichtigte alles sehr genau, stellte kurze, sachkundige Fragen und sah recht undurchsichtig aus.

Nachdem sie sich noch, verhältnismäßig lang, im Garten aufgehalten hatten, erklärte sie, sie werde das Haus kaufen, und zwar zu dem Preis, den der Agent ihr genannt habe. Toni möge einen Kaufvertrag entwerfen und sich mit ihrem Anwalt ins Einvernehmen setzen. Außerdem, so erklärte sie, wäre es ihr angenehm, wenn die derzeitigen Besitzer bis auf weiteres hier wohnen blieben.

Toni zeigte sich mit größter Mühe ruhig und beherrscht und versuchte ein verräterisches Beben in der Stimme zu unterdrücken. Natürlich hätte er gute Lust gehabt, ihr um den Hals zu fallen.

Käthe Pfluger hatte, aus irgendeinem Grund, Tonis alte Großmutter eingeladen, vielleicht in der Hoffnung, die Ausländerin durch diese dekorative und ehrwürdige Erscheinung zu beeinflussen. Frau Salvera, zu diesem Zweck in taubengraue Seide gekleidet, saß eigentlich nur da und sah auf ihre Hände nieder. Sie konnte aber nur einen hellen Fleck sehen, weil sie halb blind war. Käthe erklärte dem Gast, die alte Dame sei schon über achtzig und leider nicht mehr fähig, am Gespräch teilzunehmen.

Daraufhin wurde aufgetragen. Die Fremde aß wenig, sprach auch kaum und nur Allgemeines, und Toni fühlte wieder den Verdacht aufsteigen, sie sei sehr krank. Er hoffte inständig, sie möge noch fähig sein, den Kaufvertrag zu unterzeichnen, und dann so bald wie möglich abreisen.

Sogleich wurde er sich aber der Lieblosigkeit dieses Gedankens bewußt, und er reichte ihr das Brotkörbchen mit besonders strahlendem Lächeln. Da lächelte auch sie zum erstenmal, zögernd, fast widerwillig, und ihr Gesicht veränderte sich so sehr, daß Toni wünschte, sie möge die grüne Brille ablegen. Er hatte vermutet, daß ihre Augen braun und klug seien, jetzt, nach diesem hilflosen Lächeln, erwartete er blaue Augen, große blaue Augen unter schwarzen Wimpern. Aber er erblickte nur sein eigenes Gesicht in den schillernden Gläsern wie in einem halbblinden Spiegel.

Er ertappte sich bei dem Wunsch, nochmals mit dieser Frau durch den Obstgarten zu gehen, durch die Dämmerung und auf irgendeine Weise, die er sich nicht näher vorstellen konnte, gut zu ihr zu sein.

Das Gespräch schleppte sich noch zwei Stunden hin, und Toni fing an schläfrig zu werden.

Endlich stand die Fremde auf und bat, sich verabschieden zu dürfen, sie sei doch recht müde von der Reise. Frau Käthe begleitete sie zu ihrem Zimmer.

2

Nachdem sich die Tür hinter ihrer Gastgeberin geschlossen hatte, nahm Betty sogleich die dunklen Gläser ab und legte sie auf den Tisch. Immer schon hatte sie Sonnenbrillen verabscheut. Sie veränderten die Welt auf eine kaum merkliche, aber um so unheimlichere Weise. Etwa als ginge man auf dem Meeresgrund dahin oder in einem Land, das nicht von dieser Erde war, auf einem fremden Stern, auf dem das Leben nur noch als schwacher Hauch fühlbar war und langsam in grünblauen Schatten versiegte.

Nichts war gespenstiger als eine Gruppe Menschen, durch dunkle Gläser betrachtet. Sie erweckten in ihr die Vorstellung von Abgestorbenen, die noch nicht wissen, daß sich ihr Zustand verändert hat, sich aber von Ahnungen gequält um so aufgeregter gebärden, um ihre zweifelhafte Wirklichkeit zu beweisen.

Betty trat an den Waschtisch und goß Wasser in die Porzellanschüssel. Auf dem weißen Grund entdeckte sie einen feinen Sprung, wie ein dünnes, braunes Frauenhaar. Aus dem geschliffenen Spiegel – ein wenig Gold vom Rahmen war abgeblättert – sah ihr Gesicht, schmal, blaß und ganz beherrscht von großen, grauen Augen. Die Lidränder waren vom Tragen der dunklen Brille und dem Reisestaub gerötet. Die zarte Haut um die Augen herum war welk und von winzigen Fältchen durchkreuzt, wie zerknittertes Seidenpapier.

Sie betrachtete dieses Gesicht, das dem langsamen Verfall preisgegeben war, ein wenig geistesabwesend und schob das goldfarbene Haar aus der Stirn. Dann tauchte sie das Gesicht in das kalte Wasser und öffnete weit die Augen. Die Kälte stach und brannte, und Betty fühlte ihr Herz schmerzhaft pochen. Während sie mit dem Leinenhandtuch die Augen abtupfte, rang sie ein bißchen nach Atem und ärgerte sich über ihre Schwäche.

Als sie im Bett lag und das Licht abgedreht hatte, spürte sie, wie immer, wenn sie erschöpft war, kleine Schauer über ihren Leib laufen. Die feinen Härchen sträubten sich, und sie fing an zu zittern und mit den Zähnen aufeinanderzuschlagen. Im nächsten Augenblick wurde sie ruhig und leer und schlief auf der Stelle ein.

Nach einer Stunde erwachte sie, erholt und munter. Sofort knipste sie das Licht an und begann, auf nackten Füßen, im Zimmer umherzuwandern. Sie öffnete den Kasten, er war leer, auch die beiden oberen Schubladen der Kommode standen leer, in der dritten Lade fand sie eine Kommunionkerze, ein kleines Holzpferd, einen Stoß Schulhefte und eine Schachtel mit Ansichtskarten und Photographien.

Das Holzpferd erkannte sie wieder. Während sie es in den Händen drehte, wartete sie darauf, Rührung oder Schmerz zu empfinden, aber sie fühlte gar nichts.

Das Fenster stand offen, und Heugeruch stieg aus dem Garten auf. Betty erinnerte sich der jungen Frau, die in vielen Nächten vor dem Fenster gestanden war, die Augen tränenblind, verwirrt und hilflos dem betörenden Duft des Sommers preisgegeben.

Mit einer heftigen Bewegung schob sie den weißen Vorhang zu, berührt von der alten Vorstellung, in der Tiefe des Gartens, unter den schwarzen Laubbällen der Apfelbäume, stehe ein Fremder und sehe sie unverwandt an.

Aber der Garten lag verlassen von Menschen, ganz erfüllt vom unsagbar anderen Leben seiner Bäume, Gräser und kleinen Tiere. Einmal war es Bettys Kummer gewesen, keinen Zutritt zu dieser fremden Welt zu finden.

Sie legte das Holzpferdchen in die Lade zurück und nahm die Schachtel mit den Ansichtskarten heraus.

Fröstelnd stieg sie wieder ins Bett. Die kühlere Luft

vom nahen Gebirge überflutete den Garten und bauschte die Vorhänge.

Sie stellte die Polster auf und lehnte sich zurück. Den Hauch der Nachtluft auf der Stirn, begann sie die alten Karten zu lesen.

Die erste Karte, die sie aus der Schachtel zog, war an ihre Mutter gerichtet, und man konnte der altmodischen verblaßten Schrift entnehmen, daß das Wetter sehr schön sei und daß es Lieserl gut gehe. Sie war unterzeichnet mit »Deine Cousine Sophie«.

Betty betrachtete nachdenklich die Vorderseite, die ein kastenförmiges Haus in einer ziemlich flachen Gegend zeigte, alles schon sehr entfärbt und gelb in gelb. Das Datum hatte Cousine Sophie vergessen. Nach einiger Überlegung fand Betty aber, es könne sich nur um den Sommer des Jahres 1912 handeln, um jenen Sommer, in dem man sie als Fünfjährige zu Verwandten aufs Land geschickt hatte, weil ihre Mutter vor der Niederkunft stand. Das Kind, das ein Sohn hätte werden sollen, aber wieder eine Tochter wurde, war während der Geburt gestorben, und nichts hatte sich im Leben der Familie Salvera geändert.

Aber jener vergessen geglaubte Sommer stieg auf aus einer alten Ansichtskarte und streckte seine große Hand aus nach dem Kind, das versucht hatte, ihm zu entlaufen. »Niemals«, flüsterte sein breiter Mund unter dem rotverbrannten Gräserbart – »niemals, du Dummkopf, entkommst du mir.« Die Lesende schloß die Augen und lauschte seinem tiefen Lachen.

Jener gewaltige Sommer, er hatte nur sechs Wochen gedauert, aber in der Erinnerung schien er viel länger, Monate oder ein Jahr. Alles an ihm war ohne Maß; zu stark, zu wild und zu groß. Licht und Schatten streng geschieden von den Mauern des Hauses. Glühende, gelbe Tage; gleißendes Licht auf dem Hof; die Wiesen und Felder fahl verbrannt von der Sonnenglut, und dahinter die kurzen schwarzen Nächte. Dazwischen lag das geheimnisvolle Dämmerreich des Hauses hinter den geschlossenen grünen Läden: der düstere Dachboden, die verdunkelten Zimmer, alles in sanfte, warme Dämmerung gehüllt, einschläfernd und durchsummt von den winzigen Stimmen der Fliegen und Mücken.

Das Haus war nur von Frauen bewohnt: Tante Sophie, Tante Else, die Mägde und die alte Kinderfrau. Sie schienen dem kleinen Mädchen riesengroß in ihren langen Kleidern, mit den mächtigen roten, braunen und weißen Haarknoten.

Natürlich mußte es auch Männer gegeben haben, aber sie mochten selten daheim gewesen sein, oder das Kind hatte keinen Blick für sie. Das Zwischenreich des Hauses war ganz von Frauen beherrscht. Die Männer gehörten aufs Feld, in die Wiesen und Wälder. Dort standen sie, das Gewehr um die Schulter, die Hunde zur Seite, klein und verloren vor dem gewaltigen Himmel und der rotverbrannten Ebene.

Und alle diese Frauen waren kinderlos und schienen nur darauf gewartet zu haben, daß eines Tages ein kleines Mädchen bei ihnen auftauchen werde, auf das sie sich nun stürzen konnten.

Da waren die nackten braunen Arme der Mägde, die sie hochwarfen und auffingen, Tante Sophies großer, weicher Busen, gegen den sie gepreßt wurde, rote Wangen, volle Münder, breite weiße Lider über braunen, feuchten Augen, die eiligen Schritte auf den Gängen, die Stimmen ... Lieserl, wo bist du ... bist du ... bist du, während sie geduckt hinter der Mehlkiste oder einer Truhe hockte, voll leiser Erregung und ganz mit sich allein.

Aber niemals brachte sie es fertig, lange zu widerstehen. Die großen Frauen waren viel stärker als sie. Mit ihren Stimmen und ihren vollen Leibern saugten sie das Kind aus den dämmerigen Verstecken, bis es, angezogen von diesem warmen Strudel, auf sie zulief und in die ausgebreiteten Arme stürzte, ganz und gar der fremden Gewalt der blauen Schürzen verfallen.

»Du mußt so groß und stark werden wie wir«, sagten die Mägde und füllten ihr den Mund mit Honig und Brei. Lieserl sah die sommersprossigen Gesichter unter dem Feuerhaar, spürte die Hitze der weichen Leiber und wußte in ihrem Herzen, daß sie niemals so werden würde.

Wenn sie in ihrem Bett lag, schob sie manchmal die Hand unter das Nachthemd auf ihre Brust, die ganz von bläulichen Adern durchzogen war, und fühlte ihre eigene Kühle. Niemals würde sie so heiß sein wie die Mägde.

Sie schluckte Brei und Honig, bis sie schwindlig war und ihr Kopf auf die Schulter des Mädchens fiel, auf diese Schulter, die so stark nach Milch und Sonne roch.

Wenn sie erwachte, lag sie auf dem Diwan im Wohnzimmer und war allein. Das Licht sickerte matt durch die Jalousien, und ihr Kopf war betäubt und schwer.

Unter dem Gewehrschrank lagen die Hunde, die Schnauzen auf den Pfoten, leise jappend und mit den Ohren im Halbschlaf zuckend. Sie befanden sich immerfort auf der Jagd; in ihren Träumen rasten sie hinter einem Wild her, das sie niemals erreichten. Manchmal erwachten sie und wußten, daß Lieserl nicht mehr schlief. Dann erhoben sie sich, schritten zum Diwan und sahen das Kind an. Man konnte mit ihnen reden, aber sie waren zu faul, um zu antworten, und schlugen nur den Boden mit ihren Schwänzen. Dann gähnten sie und zeigten ihren himbeerroten Gaumen und das gelbe Gebiß. Lieserl berührte einen Zahn nach dem anderen, sie rüttelte daran und fand sie ganz fest angewachsen, schließlich legte sie die Hand dazwischen und wartete.

Und die Hunde blieben sitzen, das Maul halboffen und geduldig wartend, daß sie die kleinen Hände zurückziehen werde. Nachher schüttelten sie sich und gingen zurück unter den Gewehrschrank, die hoffnungslose Traumjagd wieder aufzunehmen.

Ein paar Fliegen spielten um die Lampe Abfangen, und Lieserl bemühte sich, hinter die Spielregeln zu kommen, aber je länger sie hinsah, desto schwindliger wurde sie, bis sie schließlich erbittert vom Diwan rutschte und auf den Gang lief.

Sie horchte gespannt, und wenn sie keine der Frauen in der Nähe hörte, schlüpfte sie durch die Hintertür ins Freie.

Die Sonne überfiel sie mit einem Schlag gegen die Augen und ließ sie seufzend die Hand auf die Lider legen. Das Gras knisterte unter ihren Füßen, und auch ihr Haar begann zu knistern, als sei es im Begriff, sich zu entzünden.

Vorsichtig dahintrippelnd, begann sie den täglichen Rundgang und besuchte zunächst den Holzschuppen. Dort standen die Scheiter gehackt und geschnitten zu hohen Stößen aufgestapelt und dörrten in der Hitze, die auf dem Dach lag. Obwohl man sie als Bäume gefällt, zersägt und geschnitten hatte, waren sie nicht tot. Sie rochen nur anders als früher, schärfer, süßer und älter. Der flüchtige, zufällige Geruch nach Laub und Saft war dahin – jetzt erst waren sie wirklich zu Holz geworden und ganz darauf bedacht, die letzte Feuchtigkeit in gelben Tropfen auszuschwitzen, um endlich hart, trocken und reif fürs Feuer zu werden.

Lieserl setzte sich auf den Hackstock und ließ die Beine baumeln. Eine Wespe schwirrte durchs Guckloch, aufgeregt und wild vom Harzgeruch.

»Geh hinaus, du Dumme«, sagte das Kind streng, aber die Wespe war völlig außer sich und fand den Weg nicht mehr. Es war nicht mitanzusehen, wie sie sich quälte. In der Ecke lehnte ein Strohbesen, Lieserl nahm ihn und versuchte das Tier zum Guckloch zu scheuchen. Der Besen war schwer und schwankte in ihren Armen. Schließlich, nachdem sie schon müde wurde, fand die Wespe den Ausweg und schoß mit einem schwirrenden Freudenschrei in den weißblauen Himmel.

Lieserl warf den Besen hin, wischte sich mit dem Handrücken die Schweißtropfen von der Stirn und hockte sich wieder mit angezogenen Beinen auf den Hackstock.

Ihr Kleid rutschte hinauf und entblößte die Knie. Ganz fremd sahen diese Knie aus, rund und bräunlich. Sie steckte einen Finger in den Mund und zog eine feuchte Schneckenspur über die glatte, warme Haut. Das war angenehm und ein wenig beunruhigend. Plötzlich fing ihr Herz laut zu pochen an, und sie beugte sich schnell vor und drückte die Lippen auf das Knie – aber das Herzklopfen blieb. Sie versuchte zu lachen und sah um sich. Die Holzstöße verzogen keine Miene, aber sobald sie ihnen den Rücken kehrte, fingen sie an, über sie zu spotten. Sie sprang auf, lief aus dem Schuppen und vergaß die Tür abzuriegeln, die ein paarmal hin und her schwang und endlich halboffen stehenblieb. Lieserl warf keinen Blick zurück. Ihre Verwirrung war so groß, daß sie fast über die gelbe Katze gestolpert wäre, die sich an ihren Beinen rieb. Zornig gab sie ihr einen kleinen Stoß und flüsterte: »Geh weg, ich mag dich nicht.« Die Katze hörte gar nicht hin und wand sich weiter um ihre Beine. Sofort verstummte Lieserls Zorn. Beschämt strich sie über das gelbe Fell, bis das vertraute Schnurren ertönte. Sie hatte die Katze gern, aber es war eine unglückliche Liebe, denn das gelbe Tier wollte sie nicht verstehen und suchte nur sein eigenes Behagen unter ihren streichelnden Händen. Es wäre der Katze nicht eingefallen, auch nur einen winzigen Schritt aus sich herauszugehen; verborgen in ihrem bunten Fell, hinter den grünen, teilnahmslosen Augen, führte sie ein geheimnisvolles Leben, von dem das Kind nichts ahnte.

Als die Katze genug hatte, ging sie fort, ohne sich auch

nur mit einem Blick zu bedanken oder zu verabschieden. Ganz gesättigt mit Sonnenwärme und völlig eins mit sich, strich sie durch das versengte Gras und ließ das Kind allein.

Plötzlich fühlte sich Lieserl sehr verlassen und fröstelte in der Hitze. Sie beschloß, weil sie nicht allein sein mochte, die Krebse aufzusuchen. Die Krebse saßen in einem Bassin im Keller und hatten nichts zu tun, als auf den Tod zu warten.

Es war kühl und dunkel in dieser Steinkammer. Der Boden schwitzte Feuchtigkeit aus, und Lieserl wäre fast hingefallen. Sie setzte sich an den Rand des Beckens und sah zu den Krebsen nieder. Zu fünft saßen sie auf dem Grund des Wassers, man hatte ihnen Kieselsteine hineingelegt, damit sie kleine Klettertouren unternehmen könnten. Aber Lieserl sah sie niemals klettern. Sie saßen ganz still, nur ihre Scheren zitterten von Zeit zu Zeit, und dann kräuselte sich das Wasser ein wenig.

Wahrscheinlich wußten sie, daß sie eines Tages gesotten werden sollten. Die Mägde hatten es ja laut und rücksichtslos genug besprochen, wohl in der Meinung, die Krebse könnten es nicht hören unter Wasser. Aber sie hatten es offenbar doch verstanden und waren traurig darüber.

Lieserl fühlte, wie sich ihr Magen schmerzlich zusammenzog. Sie konnte nichts tun für die fünf. Niemals würde Tante Sophie, die so gerne Krebse verspeiste, sie freigeben. Gegen die Gewalt der Frauen kam man nicht auf, sie köpften Hühner und Enten, erschlugen die weißen Kaninchen und sotten hilflose Krebse. Rebellische Gedanken erwachten in Lieserls Hirn. Sie starrte gespannt in das Becken und sah winzig kleine Blasen aufsteigen. Die Krebse weinten, und ihre Tränen zersprangen leise seufzend.

Sie nahm einen kleinen Korb von der Wand, griff entschlossen ins Wasser und faßte den kleinsten Krebs an seinem Hinterteil. Dann hob sie auch die vier anderen Gefangenen ans Licht und setzte sie in den Korb. Im Hof blickte sie vorsichtig um sich. Die Mauer flimmerte im Licht, und alle Jalousien waren geschlossen. Sie drückte sich die Wand entlang und wanderte dann, den Korb mit ihrem Leib vor Blicken schützend, zum Bach.

Die Krebse lärmten in ihrem Behälter, es klang wie scharrende Schritte auf einem Holzboden. »Pst«, sagte Lieserl, »seid doch still.«

Der Bach war nahezu ausgetrocknet, gelblich und morastig standen seine kleinen Tümpel. Lieserl legte sich auf den Bauch und ließ die Krebse über die kleine Böschung kollern. In wenigen Sekunden waren sie verschwunden.

Eigentlich konnte sie jetzt glücklich sein, aber der Gedanke an die großen Frauen begann sie zu bedrücken. Was geschah mit einem Kind, das Krebse befreite? Nie hatte sie in diesem Haus jemand geschlagen, aber dumpf ahnte sie gerade darin eine Gefahr. Schläge waren etwas Bekanntes, das man ertragen konnte. Was aber taten Leute, die nicht schlugen?

»Meine Mutter, die mich schlacht', mein Vater, der mich fraß...«, hatte Tante Sophie aus dem Märchenbuch vorgelesen, und plötzlich spürte Lieserl, wie sich die feinen Härchen auf Armen und Beinen sträubten. Sie sah die Mägde um den Küchentisch sitzen und kauen, und in der Mitte des Tisches häufte sich ein Berg weißer Knöchelchen. Ihr Herz tat einen Sprung und war dann ganz still.

Dann sollen sie mich halt fressen, dachte sie, in ihr Schicksal ergeben, und jetzt endlich erfüllte die große Freude sie von den Lippen bis in die Zehenspitzen. Die Krebse hatten ihre Höhlen erreicht und waren sicher und gerettet.

Ein wenig schwindlig von der Sonne, trat sie wieder ins Haus. Aus dem Wohnzimmer drang das Gemurmel der Tanten, eintönig und unverständlich. Es war besser, ihren

Fragen auszuweichen. Nach dem Abenteuer der letzten Stunde war es am besten, das gute Zimmer zu besuchen.

Das gute Zimmer lag im ersten Stock und war bewohnt von der Schmuckdose. Sie war es, die das Zimmer gut machte. Aus weißem Porzellan, mit goldenen Rändern und Blumen geschmückt, stand sie neben bemalten Schalen in einer Glasvitrine.

In dieses Zimmer schlich Lieserl, wenn sie sich betrübt fühlte oder ihr Magen weh tat. Sie stellte sich auf die Zehenspitzen, preßte die Nase ans Glas und starrte auf die Dose, bis sich die goldenen Ränder auflösten und kleine gelbe Wellen schlugen. Die Dose war jetzt lebendig, nur durch die Glaswand von ihr getrennt. Sie wollte heraus und von den runden Kinderhänden gehalten werden, aber die Tür der Vitrine war versperrt, und es blieb Lieserl nichts übrig, als den Mund an die Glaswand zu legen und kleine Liebesworte zu flüstern. Dann schien es manchmal, als erweiche sich das Glas unter ihren Lippen und eine Spur des goldenen Leuchtens sickerte durch, strich zärtlich über die Wangen des Kindes und erfüllte das Zimmer mit seinem warmen Schein. Die Luft, die Vorhänge und Möbel, alles war getränkt mit goldener Freundlichkeit.

Manchmal schlief Lieserl in diesem Zimmer, mitten in ihrer Verzückung, auf dem Teppich ein und erwachte erst von den suchenden Stimmen: Wo bist du, bist du... bist du...

Es tat immer ein wenig weh, auf den Gang hinauszutreten und in die Arme der stürmischen Frauen gerissen zu werden, während die Schmuckdose in ihrem Zimmer blieb, ganz allein in ihrem gläsernen Gefängnis.

Am Ende des Ganges lag das böse Zimmer. Auf den ersten Blick sah es ganz harmlos und langweilig aus. Die Sessel und ein kleiner Diwan waren mit grauen Bezügen geschützt. Sonst gab es nicht viel zu sehen in diesem Zimmer, einen Kasten, zwei Kommoden und in einer Ecke eine große, eisenbeschlagene Truhe.

Wenn sie eintrat, spürte Lieserl zunächst gar nichts. Sie setzte sich auf einen der überzogenen Stühle und sah die Roßkastanie vor dem Fenster und dahinter den leuchtenden Himmel. Aber nach einer gewissen Zeit hörte das Zimmer zu lächeln auf und legte seine heuchlerische Freundlichkeit ab.

Aus der eisernen Truhe begann das Böse in den Raum zu sickern. Es stieg bis an die Knöchel, und Lieserl mußte die Beine hochziehen. Aber es dauerte nicht lange, und es kroch unaufhaltsam höher. Lieserl spürte die drohenden Blicke der Kommoden im Rücken, aber sie wagte sich nicht umzudrehen, denn man durfte die Truhe nicht aus den Augen lassen. Solange man starr den Blick auf sie gerichtet hielt, konnte sie sich nicht öffnen, blieb der schwarze Deckel geschlossen über dem Grauen, es sickerte nur durch die feinen Ritzen, immer höher stieg es und höher. Wenn es dann Lieserls Brust erreicht hatte, entfärbte sich der Himmel vor dem Fenster, und die Kastanienblätter erstarrten, als sei plötzlich jeder Lufthauch erstorben.

Dann sprang das Kind mit einer wilden Anstrengung auf und rannte, die Hand vor den Mund gepreßt, auf den Gang.

Immer wieder nahm sich Lieserl vor, das böse Zimmer nicht mehr zu betreten. Aber nach ein paar Tagen öffnete sie wieder die Tür am Ende des Ganges, sah den Raum harmlos und gleichgültig vor sich liegen und die Kastanie vor dem Fenster. Und sie setzte sich wieder auf einen der grauen Stühle, richtete den Blick auf die Truhe und wartete.

Eines Tages entdeckte sie im bösen Zimmer den kleinen Schemel, den irgend jemand aus Versehen dorthin gestellt hatte. Seine Farben waren verblaßt vom ausgestandenen Schrecken und seine kurzen Beine zittrig geworden. Lieserl trug ihn in ihr kleines Kabinett, und dort stand er jetzt, noch gebrochen vor Furcht, aber auf dem Wege der Genesung.

Sie vergaß nie, ihn vor dem Zubettgehen zu streicheln. Nachts, wenn es ganz still war im Haus, geschahen im bösen Zimmer ungeheuerliche Dinge, nur der kleine Schemel wußte davon, und Lieserl hoffte, er werde es mit der Zeit vergessen.

Als der Sommer immer gelber glühte, brachten auch die Nächte keine Kühlung mehr. Es begann die Zeit der Besuche. Immer wenn Tante Sophie eingeschlafen war und ihr ruhiger Atem durch die offenstehende Tür drang, erschienen sie. Meist kam zuerst der Nasenmann und, wenn er das Kind verlassen hatte, erschienen die sechs grauen Männchen. Der Nasenmann war Lieserls Feind, sie witterte ihn schon, wenn sie ihn noch gar nicht sehen konnte. Dann wagte sie nicht mehr, die Augen zu schließen, um nicht im Schlaf von ihm überrascht zu werden.

Gespannt, die Hände zu kleinen Fäusten geballt, starrte sie auf das graue Viereck der Tür, und immer, wenn sie die Augen nicht mehr offen halten konnte, kam er, rasch und lautlos. Jedesmal übersah sie seinen Eintritt. Plötzlich stand er am Fußende des Bettes und sah aus den gelben Glaskugelaugen auf sie nieder. Und langsam fing seine spitze Nase zu wachsen an, wurde länger und länger, bis sie an ihre Brust stieß. Zweimal war es ihm gelungen, sie zu überrumpeln, sie hatte laut aufgeschrien, um sich geschlagen und war erst in Tante Sophies Bett wieder zu sich gekommen.

Tante Sophie behauptete, es gäbe gar keinen Nasenmann, sie hatte natürlich alles verschlafen. Ungestüm preßte sie das Kind an ihren heißen Busen und schüttelte es hin und her, was sie »In-den-Schlaf-Wiegen« nannte. Es war sehr dunstig in ihrem Bett und es roch zu sehr nach Tante Sophie, und Lieserl wollte eher dem Nasenmann die Stirn bieten als die ganze Nacht einen kratzenden Zopf auf der Wange spüren.

Als ihr Feind zum drittenmal kam, setzte sie sich aufrecht hin, ballte die Hände vor der Brust und wartete voll

Zorn auf seinen Angriff. Und wieder wuchs die spitze Nase, langsam, aber unaufhaltsam. Lieserl starrte ihr entgegen, fest entschlossen, nicht zu schreien. Deutlich spürte sie, wie ihre Kraft in kleinen Wellen dem Nasenmann entgegenschlug und ihn schwächte. Dann kniete sie im Bett hin, preßte die Hände auf die Brust und warf sich, mit geschlossenen Augen, dem Feind entgegen.

Auf dem Rücken liegend und leise schluchzend sah sie dann das Viereck der Tür. Der böse Geruch war verschwunden und mit ihm der Widersacher.

Nach einer kleinen Weile kamen die sechs grauen Männchen, hoben ihr Bett auf und trugen es im Zimmer umher. Auf und nieder geschaukelt, überließ sich Lieserl dem Geschwätz der kleinen Besucher. Sie waren ein wenig einfältig, vielleicht sogar nicht ganz recht im Kopf, aber sie waren gute Freunde. Über die lächerlichsten Dinge konnten sie die ganze Nacht dahinplappern, so daß immer einer die Worte des andern wiederholte, seinen Satz umdrehte oder anderen Unfug trieb. Die übrigen kicherten dazu im Chor, und auch Lieserl mußte leise unter der Decke mitlachen über so viel Dummheit.

Aus irgendeinem Grund war sie überzeugt davon, der Nasenmann komme aus der schwarzen Truhe, während die sechs Schwätzer von der Schmuckdose geschickt wurden, um sie zu trösten und einzuschläfern.

Der gewaltige Sommer verblaßte nicht in einen milden Herbst; er endete so plötzlich, wie er gekommen war, und drückte zum Abschied seine brennende Hand auf das Herz des Kindes.

Eine Kuh hatte einen Nagel geschluckt und mußte geschlachtet werden. Im Haus herrschten Lärm und Aufregung, und die Küche stand voll wallender Dampfwolken. Lieserl drückte sich aus dem Haus und fand im Schuppen neben dem Stall den Schlächter, der dabei war, die Kuh zu zerstückeln. Sein Anblick überwältigte das Kind mit

Grauen und Bewunderung. Er war riesengroß, seine Sackleinenschürze starrte vor Blut, das auch an seinen behaarten Armen in kleinen dunklen Rinnsalen klebte.

Er sah das Kind gar nicht und tauchte mit der Hand tief in die roten Fleischmassen. Über sein braunes Gesicht liefen glitzernde Schweißperlen, und er sah so stolz und mächtig aus, daß Lieserls Atem stockte.

Auf dem Boden, im Winkel, lag das Fell der Kuh als lebloses Bündel, und der gelbe Schragen war bedeckt mit Fleischstücken. Süßlicher Geruch legte sich betäubend auf ihr Hirn. Sie wollte fliehen, aber das Verlangen, den großen Schlächter zu sehen, war stärker. Sie wollte seine blutige Schürze berühren, ihn riechen und die Wärme spüren, die von ihm ausströmte.

Widerstandslos watete sie durch die kleinen Blutlachen und streckte schon die Hand nach seinen Kleidern aus, als er sich plötzlich tief zu ihr herabneigte. Sie sah sein Gesicht groß und glänzend über dem ihren, sah sein seltsam vertrauliches Lächeln, und dann fiel ihr Blick auf das blauschimmernde Messer in seiner Hand, von dem das dunkle Blut tropfte. Irgend etwas in ihrer Brust spannte sich und zersprang, mit einem leisen Schrei stürzte sie aus dem Schuppen, das tiefe Lachen des Schlächters im Ohr.

Den ganzen Tag über war sie verstört und erregt, lachte, bis ein Weinen daraus wurde, und bekam schließlich einen Klaps von Tante Sophie, nach dem ihr etwas besser wurde und sie auf dem Diwan einschlief.

In dieser Nacht redeten die sechs Schwätzer immerfort von Blut. Lieserl konnte nicht recht hinter den Sinn ihrer Worte kommen. Es schien ihr zunächst von einer Kuh zu handeln, die geschlachtet werden sollte, aber allmählich faßte sie den Verdacht, es sei von ihr die Rede, von ihr und dem großen Schlächter und seinem blauen Messer.

»Sie weiß es nicht«, sagte der erste Schwätzer, »pst, pst«, zischte der zweite, »weiß es nicht, weiß es nicht.« »Du meinst die Kuh?« fragte der dritte scheinheilig, worauf ein großes Gekicher anhob und Lieserl im Bett hin und her geschüttelt wurde. Sie spitzte die Ohren, aber da wurde das Gerede unter ihrem Bett zu sinnlosem Geplapper, und sie schlief endlich ein.

Am nächsten Morgen regnete es, und Tante Sophie behauptete, es sei ein schreckliches Gewitter niedergegangen, das Lieserl verschlafen habe.

Zum erstenmal seit Wochen kam die Luft kühl und frisch durchs Fenster, und das Kind mußte Schuhe anziehen.

Nach dem Mittagessen schlich sie in den Stall und suchte den großen Schlächter. Aber sie fand keine Spur von ihm. Erleichterung und tiefe Enttäuschung überfielen sie. Sie dachte an seine blutbefleckten Arme und an sein Lachen und konnte es nicht fassen, daß es ihn nicht mehr gab.

Und sie konnte an diesem Tag keine Jausenmilch trinken, mochte nicht mit den Hunden spielen und wollte keine Bilderbücher ansehen. Sie konnte die weichen Leiber der Frauen nicht ertragen und wand sich aus ihren runden Armen, und alle sagten, sie spüre das schlechte Wetter. Aber es war gar nicht das Regenwetter, sondern ein schrecklicher Druck in ihrer Kehle, der sie immerfort schlucken ließ.

Schließlich ging sie in ihr Kabinett, setzte sich auf den bleichen Schemel und legte den Kopf auf den Rand des Bettes.

Das Unbehagen in ihrer Kehle stieg höher und brach in Tränen aus ihren Augen. Die Zähne in die Bettkante gedrückt, schluchzte sie bis zur Ermattung. Aber das angenehme Gefühl, das sie nach solchen Ausbrüchen kannte, wollte sich nicht einstellen. Sie hob den Kopf und sah, daß sie allein war. Darüber erschrak sie so sehr, daß sie es auf der Stelle wieder vergaß.

3

Betty ließ die Karte zurückfallen. Es war ihr, als habe sie eine Entdeckung gemacht und sei einem Geheimnis auf der Spur. Sie schloß die Augen und versuchte der zarten Fährte zu folgen, aber ihre Anstrengung blieb fruchtlos. Resigniert beschloß sie, die Schachtel wegzustellen und die alten Geschichten ruhen zu lassen. Aber da sie nie imstande gewesen war, einer Gefahr aus dem Weg zu gehen, und nichts in der Welt sie jemals davon hatte abhalten können, sich in ein Abenteuer zu stürzen, griff sie, noch ehe der Gedanke zu Ende gedacht war, nach der nächsten Karte.

Eine Gruppe magerer kleiner Mädchen stand vor einer gelben Mauer und starrte erschrocken aus dem Bild. Eines der Kinder war mit × bezeichnet, aber das verblaßte trotzige Gesichtchen wies keine Ähnlichkeit auf mit der kleinen Elisabeth ihrer Erinnerung. Die Karte war datiert vom 4. 1. 1918 und berichtete, daß es ihr, Elisabeth, gut gehe und daß sie jeden Tag um die glückliche Heimkehr ihres Vaters bete. Diese Formel stammte von Schwester Martha und stand auf allen Karten und in allen Briefen, die damals von den Mädchen nach Hause geschrieben wurden.

Der Wind bauschte plötzlich den Vorhang hoch und strich kühl über Bettys Bett. Wieder hatte sie das Gefühl, es sei klüger, die Karte zurückzuwerfen und das Licht auszuschalten, aber dazu war es zu spät. Die Bilder stiegen auf und fingen ihr gespenstiges Leben an. Betty ließ sich in den Polster sinken und schloß die Augen.

»Deine Nägel sind nicht sauber. Geh zurück in den Schlafsaal, Elisabeth.«

Da ist wieder das Feuer vor den Augen, die Glut in der

Brust und das wilde Verlangen zuzuschlagen. Die Kinderstimme überschlägt sich: »Und ich will schmutzig sein, ich will schlecht sein, laß mich los, geh weg, geh weg –«, und dann das Erstarren mitten im Wort, der Anblick der kleinen Nonne, die auf den Sessel niedersinkt, als habe man ihr die Beine unter dem Leib weggezogen.

Plötzlich wußte die Zehnjährige, es war ja nur Schwester Martha, nichts Böses, nichts, was man schlagen und beißen wollte. Mitleid und Verzweiflung überfielen sie. Niemals gelang es ihr, den Feind, der sie quälte und beleidigte, zu fassen und zu halten. Plötzlich war er verschwunden, und die arme Schwester Martha saß vor ihr, oder die Kinder starrten sie an wie ein wildes Tier.

Von Scham überwältigt, bohrte sie die Fäuste in die Augen und glaubte an stoßendem Schluchzen zu ersticken.

»Aber Kind, Elisabeth«, flüsterte die Nonne noch ohne Stimme, »das bist ja gar nicht du, das ist der Böse, der aus dir spricht. Komm, wir müssen miteinander beten.«

Sie stand, noch ein wenig zitternd, auf und faßte das Kind am Ärmel, ängstlich fast, als könne sich die kleine, tränennasse Hand in den Falten ihres Schleiers verkrampfen.

Eilig zog sie die widerstandslos Folgende mit sich auf den Chor der Kirche. An der Seite der Schwester kniend, hörte Elisabeth ihr eifrig geflüstertes »Herr, erbarme Dich unser« und »Erlöse uns von dem Übel.«

Elisabeth konnte nicht beten. Sie mußte immerfort darüber nachdenken, wo in ihr der Böse sitzen mochte, im Kopf, in der Brust oder vielleicht in den Beinen. Und wie sah er aus? Wie eine große, graue Kellerassel oder eine ekelhafte Spinne? Die Vorstellung, ein derartiges Scheusal in sich zu tragen, erfüllte sie mit Abscheu. Und wie sollte der liebe Gott es aus ihr herauszaubern, ja, wie war es überhaupt hineingekommen? Doch wohl im Schlaf durch den Mund. Sie schloß zwar am Abend immer fest die Lippen aufeinander, aber wer weiß, einmal mochte sie es vergessen haben, und schon war der Böse in sie gekrochen. Wenn der liebe Gott ihn jetzt auf der Stelle herausholen wollte, das wäre eine schöne Bescherung. Schwester Martha würde in Ohnmacht fallen und das Asseltier sich in der Orgel verkriechen.

Am einfachsten war es natürlich, wenn der Böse sie des Nachts verließ, während sie schlief. Aber wo sollte er dann hingehen? Der liebe Gott hatte ihn verstoßen und niemand mochte ihn bei sich haben. Kaum hatte er sich ein warmes Plätzchen in einem schlimmen Kind gesucht, wurde er schon wieder durch Gebete ausgetrieben. Aber wenn er auch schlecht und ein Scheusal war, so war er doch da, und man mußte irgendwie für ihn sorgen.

»Bitte für uns arme Sünder«, flüsterte die kleine Schwester. Elisabeths Gedanken spazierten weiter. Man konnte ihm einen kleinen Korb mit Stroh füllen und unter das Bett stellen, auch ein Stückchen Brot würde sich jeden Tag finden. Vielleicht würde er sich bessern, anständig werden und eines Tages sogar beim lieben Gott Gnade finden. Und sie, Elisabeth, wäre dann eine sehr wichtige Person und stünde im Rang gleich neben den vier Evangelisten.

Dann stürzte das Kartenhaus zusammen, denn es fiel ihr ein, daß der Böse ja ein Geist war, ein Geist ohne den winzigsten Körper, nicht einmal so groß wie ein Floh. Mit einem Schlag verlor sie jedes Interesse an ihm, und große Müdigkeit überfiel sie. Der Haß war weg, und auch die Reue verblaßte. Oh, die gute Leere im Kopf und das zarte Stoßen in der Brust, noch ein letzter Tränenseufzer, dann sank ihr Kopf langsam auf die Arme nieder, und noch in ihren Schlaf tropften Schwester Marthas Stoßgebete.

Manchmal versuchte Elisabeth über ihren Zustand nachzudenken, aber immer waren es nur ganz zusammenhanglose Ereignisse, die ihr einfielen. Sie konnte ihre

Lage nicht überblicken und erging sich in dunklen Vermutungen. Fest stand jedenfalls, daß ihr Leben, das einmal angenehm gewesen war, plötzlich aus tausend Unannehmlichkeiten bestand.

Sie wollte nicht um sechs Uhr aufstehen und trunken vor Schläfrigkeit in der Kirche singen, sie mochte keinen bitteren Kaffee trinken, und sie war gewöhnt, jederzeit reden zu dürfen, nicht nur zu gewissen Stunden. Besonders aber haßte sie das kalte Waschwasser, die straff geflochtenen Zöpfe und die Kälte.

Den ganzen Tag lang fürchtete sie sich fröstelnd vor dem eiskalten Bett, in dem sie sich nie erwärmen konnte. Während die feuchtkalte Tuchent sie fast erdrückte, wuchs ihre Verzweiflung von Minute zu Minute, bis sie den Polster auf ihr Gesicht legte und zu weinen begann. Es schien Betty, als hätten diese durchfrorenen Nächte ihrer Kindheit einen kleinen eisigen Kern in ihr zurückgelassen, den niemand auftauen konnte, weil das ein übermenschliches Maß von Wärme und Liebe gefordert hätte. Sehr deutlich glaubte sie wieder die Verzweiflung der Zehnjährigen zu spüren, die sich die Hölle niemals als feurigen Ort, sondern klirrend vor Eiseskälte vorgestellt hatte.

Zwischen dem Schluchzen unter dem Polster und Schwester Marthas übernächtiger Stimme, »Im Namen Jesu aufstehn... zu Dir, o Gott, erwacht mein Herz...«, lag gar kein Zwischenraum. Elisabeth war fest überzeugt davon, keinen Augenblick geschlafen zu haben, und sie wunderte sich manchmal darüber, daß ein Mensch so völlig ohne Schlaf leben konnte. Mit äußerster Anstrengung zog sie mit tauben Händen die feuchtkalte Unterwäsche vom Schemel her und fing an, sich unter der Tuchent anzuziehen.

Nun waren die Schwestern gewiß nicht herzlos, sondern wohlwollend, soweit es ihre Vorschriften gestatteten, und manchmal schien ihnen aufzudämmern, daß nicht der Teufel in Elisabeth stak, sondern daß sie einfach unterernährt, blutarm und immer schläfrig sein mochte. Die Kriegskost war schlecht, dagegen konnte man nichts tun, aber manchmal tauchte doch eine Flasche Eisenwein auf und wurde dem Kind zugeteilt. Das gab dann für Stunden leichte Rauschzustände und rote Bäckchen, aber auf Elisabeths Gemüt schien die Medizin keine Wirkung auszuüben, und Schwester Martha griff wieder zu den verhaßten kleinen Repressalien, wie Nicht-in-den-Hof-gehen-Dürfen, In-der-Ecke-Stehen und verlängerte Schweigezeit.

Die besten Stunden des Tages verbrachte Elisabeth in der Schule. Dort war es etwas wärmer und freundlicher, und sogleich war sie geneigt, ihre Verzweiflung zu vergessen. Nichts war erregender, als die Professoren genau zu beobachten: sie wußte nicht recht, was sie von ihnen halten sollte. Manchmal erfaßte sie das Verlangen, aufzustehen, aus der Bank zu treten und sich diese rätselhaften Wesen ganz aus der Nähe anzusehen, etwa den Stoff ihrer Kleider zu befühlen, sie zu beschnuppern oder ihre Hände anzufassen. Aber natürlich wußte sie schon, daß ein wohlerzogenes Kind derartigen Regungen nicht nachgeben darf. Nur die Neugierde blieb brennend und ungestillt in ihr.

Sie wollte alles wissen, alles hören, sehen und erfahren. Sie saß freiwillig in der ersten Bank, um nur ja dicht an der Quelle zu sein, und besuchte leidenschaftlich gern die Schule. Ganz benommen von den vielen Neuigkeiten, tauchte sie zu Mittag mit brennenden Ohren aus dieser Welt auf, die für sie eine Fortsetzung der dicken Märchenbücher war. Aber schon auf dem Gang ins Internat überfiel sie die Unsicherheit wieder.

Und in der Tat, Elisabeth war ein äußerst fehlerbehaftetes Wesen.

Sie ließ die Schultern hängen, stellte die Fußspitzen einwärts, zog die Strümpfe verdreht an, und wenn es ihr einmal gelang, den Kragen glatt und sauber zu erhalten, so waren bestimmt die Schürzentaschen heruntergerissen. Und wie durch einen bösen Zauber verbreiteten sich rund um sie häßliche Tintenflecken. Außerdem mußte sie darauf bedacht sein, nicht mit den Armen zu schlenkern, nicht zu pfeifen, niemals zu laufen, sondern brav einen Fuß vor den andern zu setzen und, im Fall einer Rüge, die Augen zu senken.

Allmählich fing sie an, sich immerfort schuldbeladen zu fühlen. Sie wußte nicht genau, was sie verbrochen hatte, aber dieses ständige Schuldgefühl machte sie elend. Eine Zeitlang versuchte sie, sich davon zu befreien, indem sie so oft wie möglich zur Beichte ging. Aber das brachte nur eine momentane Erleichterung mit sich. Sobald sie aus dem Beichtstuhl trat, noch voll Freude über ihre neue Engelhaftigkeit, überfielen sie schon wieder höchst anstößige Gedanken und Vorstellungen, zum Beispiel, ob es wahr sei, daß die Mutter Oberin sechs Unterröcke trage statt vier. Dann versuchte sie, eine Zeit gewaltsam an gar nichts zu denken, denn die Gedanken waren es, die sie so schlecht machten, ohne sie war sie ein braves und anständiges Kind.

Aber niemals vermochte sie länger als fünf Minuten in diesem angenehmen idiotischen Zustand auszuharren. Dann brachen alle Dämme, und die guten Vorsätze waren vergessen.

Nach einem halben Jahr etwa hörte sie aber auf, sich darüber so verzweifelte Sorgen zu machen. Nur eine gewisse Freudlosigkeit blieb zurück und ein ständiger leichter Druck in der Brust. Da es sich gezeigt hatte, daß sie mit bestem Willen kein braves Kind sein konnte, mußte sie eben ein schlechtes bleiben, faul, jähzornig und schlampig, immer im Widerstreit mit sich und der Welt.

Aber da gab es auch noch die dumpfe Furcht vor IHM. ER hing an der Wand des Kreuzganges und sah auf sie nieder, wenn sie in den Schlafsaal ging, und ER wußte es, daß sie ihn häßlich fand und gar nicht ansehen mochte.

Und sie sollte IHN doch ansehen, täglich und ganz genau, um sich seine Leiden vor Augen zu führen und einzuprägen. Aber selbst wenn sie sich dazu überwand, mischte sich in ihr Mitleid schrecklicher Widerwille gegen seine verrenkten Arme, die blutende Herzwunde und die starrende Dornenkrone. Sobald sie sich sein Bildnis auch nur vorstellte, wurden ihre Gebete zur Heuchelei.

Eines Nachts wurde ihr übel, und sie mußte zur Toilette laufen und sich übergeben. Als ihr endlich ein wenig besser war, vernahm sie plötzlich dumpfe Schritte auf dem Gang. Ihr Herz setzte fast aus vor Schreck, und es war ihr ganz klar: ER war von seinem Kreuz gestiegen und ging draußen auf und nieder, um sie zu erwarten.

Jene törichte Geschichte fiel ihr ein, vom Kind, dem nach einer unwürdigen Kommunion eine unsichtbare Hand den Kopf abgerissen hatte. Das war natürlich eine ganz dumme Lüge, auch die Schwestern hatten es gesagt, denn ER war ja die Güte und Gerechtigkeit. Aber im dunkelsten Bezirk ihres Herzens glaubte sie an das Gräßliche und war überzeugt davon, es stehe ihr bevor.

Sie kauerte sich auf den Steinboden hin und lauschte, das Ohr an die Tür gepreßt. Die Schritte kamen näher, entfernten sich wieder und kamen wiederum näher. Der Gedanke an SEINEN großen, blutigen Leib, der auf dem Gang auf sie wartete, ließ sie fast ohnmächtig werden vor Furcht. Lange blieb sie so hocken und lauschte auf das auf und niedergehende tap... tap... tap...

Plötzlich kam ihr in den Sinn, der kleine Eisenriegel könne doch gar kein Hindernis für IHN sein, und sie begriff, daß ER auf ihr freiwilliges Erscheinen wartete. Sie stand auf, trocknete den kalten Schweiß von ihrer Stirn und, während ihr Atem stockte, öffnete sie die Tür.

Die Schritte kamen näher.

Sie atmete tief und zitternd ein und trat hinaus. Der Gang lag leer im kalten Mondlicht, und auf seinem Platz hing ER und litt. Aber die Schritte waren noch immer zu hören, und Elisabeth entdeckte, daß der Wasserhahn tropfte. Sie drehte ihn fest zu und ging langsam und ohne sich umzusehen in den Schlafsaal zurück.

Wie sollte man aber in der Kirche jene Lieder singen, in denen soviel von Liebe, Güte und Süßigkeit die Rede war, während ER groß an der Wand hing und nicht aufhören wollte zu leiden.

Elisabeth war bereit, das Jesuskind zu lieben, aber sie nahm nicht zur Kenntnis, daß es ein und derselbe Gott war. Sie liebte alle Jesuskinder, die zwischen Weihnachten und Lichtmeß in den Nischen der Gänge standen, aber am meisten liebte sie das Kind vom Kreuzweg. Es hatte nicht wie die anderen goldene, sondern schwarze Locken und listige rotbraune Vogelaugen. Immer lächelte es ein wenig verschmitzt, als wisse es sehr gut, wie es um das Mädchen bestellt war.

Elisabeth wünschte es aus seiner Krippe zu heben und fortzutragen, in ihr Bett etwa oder in einen dunklen Winkel, um ungestört mit ihm spielen zu können. Aber es war so alt und gebrechlich, auf seiner nackten Brust zeigten sich feine Sprünge. Außerdem war es gewiß sündhaft, mit dem Jesuskind zu spielen wie mit einer Puppe.

Aber nie wurde sie die Vorstellung los, das Kind langweile sich so allein auf seinem düsteren Altärchen und warte nur darauf, daß Elisabeth es endlich holen komme.

»Sag etwas«, flüsterte sie gespannt und starrte auf die blaßroten Wachslippen nieder. Manchmal zuckte der kleine Mundwinkel, und für einen Augenblick schmolz die wächserne Starre. Aber niemals antwortete das Kind.

Elisabeth sah es acht Jahre hindurch um die Weihnachtszeit in seiner Nische liegen und warten, und noch als großes Mädchen konnte sie nicht daran vorübergehen, ohne die schwarzen Locken zu berühren und sanft auf die gelbliche Brust zu tupfen.

Es gab noch viele andere Jesuskinder in diesen Tagen, braune, goldhaarige und ein weißgelocktes Rokokokind, lächelnde, ernsthafte, in Krippen liegend oder in Glasvitrinen stehend, in goldenen, perlbestickten Kleidern, die blaue Weltkugel in den kleinen Händen.

Man konnte Stunden damit verbringen, sie alle zu besuchen, bei jedem ein bißchen Liebe und Zärtlichkeit zurücklassend und immer eine Spur Trauer in der Brust, weil man sie nicht rauben und an einen dämmerigen Ort tragen konnte, wo sie nur noch für Elisabeth gelächelt hätten.

Zwischen diesen Wachskindern und dem großen Christus am Kreuz gab es keinen Zusammenhang. Dunkelheit breitete sich dazwischen aus, durch die man ganz allein gehen mußte, verlassen von den süßen Wachsgesichtern, in Furcht und Erwartung unbekannter Schrecken.

Betty schlug die Augen auf und sah zur Decke. Die verzerrten Schatten der Nachtfalter vollführten dort oben einen geisterhaften Tanz. Auch damals war sie so gelegen im kleinen weißen Krankenzimmer.

Schwester Gertrude wickelte sie in nasse Tücher, aber Elisabeth hatte nicht Zeit, sich darum zu kümmern. Auf der Decke zeigte sich ein feines Aderwerk von schwarzen Sprüngen, das sich immerfort veränderte und zu neuen Figuren formte. Mechanisch schluckte sie den Lindenblütentee, den ihr die Schwester einflößte, ein wenig erzürnt darüber, daß man sie gerade jetzt damit behelligte, wo der Tanz der kleinen Ziegenböckchen in eine Rauferei ausartete. Sie mußte laut lachen und hörte Schwester Gertrud seufzen, dann kam der Drache und verschlang alle Böckchen, und das war traurig, aber auch der Drache wurde verschlungen von einem dunklen Laubwald, in dem ein heißer Wind wühlte.

Elisabeth spürte, wie dieser Wind auf sie niederstürzte und in ihren Ohren brauste, und sie wußte, daß sie sterben mußte und daß man sie mit weißen Tüchern gefesselt hatte, damit sie sich nicht wehren könne. Sie schrie »Mama, Mama«, aber der heiße Sturmwind schlug ihr die Worte in den Mund zurück und wollte sie ersticken.

»Du sollst schlafen«, sagte plötzlich wieder Schwester Gertrud. Aber wie konnte sie schlafen, wenn der Wundervogel über den weißen Himmel flog und seinen Mühlstein fallen ließ, genau auf ihr Bett. Sie spürte ihn, patsch, auf der Brust, und da blieb er liegen und drückte sie erbärmlich.

Und die Welt war verändert. Häßliche Gesichter wuchsen aus der Decke, die drohende Krallenhand und die Spinne, die in der Ecke eine Fliege quälte.

Elisabeth schluchzte vor Zorn und Abscheu, aber da lag die kühle Hand auf ihrer Stirn, und eine Stimme sagte »wird ja schon besser, viel besser...«

Davon wurde die Decke wieder glatt und weiß, und plötzlich verdunkelte sie sich, und Elisabeth war eingeschlafen.

Niemand wußte, woher das plötzliche Fieber kam, nur sie selbst fand es ganz richtig und natürlich so. Wenn sich zuviel Zorn, Trotz und Heimweh in ihr aufgestaut hatten, brach es als Fieber heraus. Es mußte ja so sein, denn nachher fühlte sie sich schwach, leer und geduldig und mied jede Versuchung. Sobald sie aber etwas kräftiger war, kam der Teufel zurück, und sie verfiel ihm von neuem.

Im Frühling, als alle Gerüche in den Gärten erwachten und sich verwirrend auf ihr Hirn legten, überfiel sie die große Traurigkeit.

Und als dann im Frühsommer das Gras in den Parks geschnitten wurde und der trockene, wilde Heugeruch alle Kreuzgänge überschwemmte, saß sie stundenlang mit offenen Augen, aber ohne zu sehen, vor ihren Heften und konnte nicht denken. Alle Gerüche, Geräusche, tausend zarte kleine Erregungen zerrten an ihr und ließen sie erzittern, bis sie endlich dem Drängen nachgab und die Welt in sich einließ.

Sie hörte dann auf, Elisabeth zu sein, aber sie wußte nicht, was sie war. Alles war verändert und seiner alten Vertrautheit beraubt. Der glänzende Zopf des vor ihr sitzenden Kindes, hundertmal gesehen und als Zopf erkannt, konnte sie plötzlich zu Tod erschrecken, eine Hand, die spiegelnde Fensterscheibe, der Radiergummi lösten sich aus dem Zusammenhang und lagen vor ihr, fremd, beängstigend und voll einer seltsamen Verlokkung.

Diese Zustände dauerten nie lange an, konnten aber in eine Zeit der Benommenheit übergehen, in der nichts sie wirklich berührte.

»Siehst du«, sagten die Schwestern, »du kannst auch ein braves Kind sein«, und Elisabeth starrte verständnislos in die weiße Fläche mit den merkwürdigen Löchern, Hügeln und Haaren, die einmal ein Gesicht gewesen war und es in der nächsten Minute wieder sein konnte.

In diesen Zeiten hatte sie die größte Mühe, in der Schule achtzugeben. Ihre Gedanken schwammen immer weg, und die einfachsten Wörter nahmen sich plötzlich so fremd aus, daß sie nicht wagte, sie in ihr Heft zu schreiben. Eine Fliege auf ihrer Hand konnte ihr Tränen der Furcht in die Augen treiben.

Wenn sie dann erwachte und ihre Umgebung das alte Gesicht annahm, atmete sie erleichtert auf und wurde wieder das neugierige, lebhafte Kind, das sie immer gewesen war. Ein Hauch von Sicherheit ging von ihren Heften und Büchern aus. Das war die Welt, in der alles mit rechten Dingen zuging. Als sauberer Mantel lag sie glatt über Elisabeths Seele, die sie sich als Kugel vorstellte. Gerade wie die Erde, von der sie in der Geographiestunde gehört hatte, daß sie nur außen eine feste, sichere Kruste habe, innen aber feurig und ungebärdig sei. Und wie die wilde Erdenkraft manchmal tobend aus den Vulkanen brach, brachen auch aus Elisabeth von Zeit zu Zeit Tränen, Schreie und Verwünschungen. Bis wieder Stille eintrat. Die feurige Masse hatte sich beruhigt und brodelte und zischte nur noch ganz leise.

Es war fast nicht zu glauben, was die runde kleine Seelenerde alles in sich trug, bodenlose Finsternis, Ungeheuer und Fratzen und alle Todsünden. Darüber aber spannte sich glatt und faltenlos der Mantel aus Bravheit, Gebet und blauen Heften.

Im Traum, wenn Elisabeth nicht auf der Hut war, stiegen die Ungeheuer aus der Tiefe auf und nagten verzweifelt an den glatten Wänden. Aber immer, gerade ehe sie sich durchbissen, erwachte die Träumerin, und die Gefangenen stürzten hilflos zurück in den finsteren Schacht.

Es war ganz still im Schlafsaal. Der Mond schien auf die weißen Betten, und von der Wand lächelte der heilige Aloysius auf die Lilienkelche in seinen Händen. Elisabeth schätzte ihn zwar nicht sehr, weil er unbegreiflicherweise seine Mutter nicht hatte ansehen mögen, aber es ließ sich nicht bestreiten, daß er schön war und daß sein Anblick nach dem Entsetzen des Traumes sie besänftigte.

Sie liebte seine gesenkten goldbraunen Augen, die zartgehöhlten Wangen und den geschwungenen Knabenmund. Wenn sie bei Tag in den Schlafsaal kam, kletterte sie manchmal auf eines der Betten und strich vorsichtig über die blaßgefirnißte Wange des Heiligen. Sie wußte, daß er es mißbilligte, und leise Schadenfreude erfüllte sie bis in die Fingerspitzen, denn nicht einmal, wenn sie ihren Mund auf den seinen legte, konnte er sich wehren und mußte hilflos in die Lilienkelche blikken.

Aber sie wußte natürlich genau, daß sie ein Unrecht beging, besonders weil sie mit den Schuhen auf die weiße Bettdecke gestiegen war.

Ganz allmählich kam aber doch ein Hauch von Ordnung in ihr Leben. Die Welt fing an, sich in Freund und

Feind zu teilen. Mit den Dingen fing es an. Sie spürte es deutlich an kleinen Gerüchen, Luftbewegungen und Schauern, die sie streiften. Manchmal gelang es ihr für kurze Zeit, einen Feind zu bestechen, aber sehr selten; wer nicht sogleich ihr Freund war, wurde es nie mehr.

Der heilige Judas Thaddäus zum Beispiel mochte sie nicht. Er zeigte seine Feindseligkeit nicht offen, aber sie war nicht zu übersehen. Da sie täglich an ihm vorbei mußte, versuchte sie es mit äußerster Höflichkeit und kleinen Geldgeschenken, die er zwar hinnahm, ohne aber seine Haltung zu ändern.

Freilich wußte sie, daß er mit seinem Mißtrauen im Recht war, und sie ärgerte sich über seine unbestechliche Klugheit. Die heilige Mutter Anna dagegen war gar nicht klug, vertrauensselig glaubte sie jedes Wort und beschämte Elisabeth mit dem weichen Blick ihrer runden, ein wenig törichten Augen.

Auf dem schmalen Gang, der in die Kirche führte, stand ein alter bemalter Paravent. Er sah aus, als habe man ihn hundert Jahre nicht gewaschen, und es war nichts mehr auf ihm zu erkennen als eine nackte Frau mit überlangen Schenkeln, die aus einem winzigen Schaff stieg und die Brüste mit dem linken Arm eher hochhielt als bedeckte.

Elisabeth fand es lächerlich, daß die Frau im flatternden Schlangenhaar so tat, als habe sie in dem kleinen Zuber ein Bad genommen. Dafür traf sie jedesmal der Blick aus schrägen schwarzen Augen voll Bosheit und so, als sähe er etwas, was Elisabeth nicht sehen konnte, gerade hinter ihrem Kopf.

Sie blickte sich auch jedesmal um, ob sie wollte oder nicht, aber da gab es nichts als die abbröckelnde Tapete. Der dunkle Paravent, ein ergebener finsterer Knecht der bösen Badenden, streckte sein schwarzes Bein vor und ließ Elisabeth stolpern.

Diese Herausforderung mußte man annehmen. So gewöhnte sich Elisabeth an, der nackten Person die Zunge zu zeigen, sooft sie nur an ihr vorüberkam. Den Paravent überging sie mit Verachtung als ein blindes, willenloses Werkzeug.

Im übrigen blieb es unerklärlich, was die Badende so nahe der Kirche zu suchen hatte, was bei jeder anderen sündhaft und abscheulich gewesen wäre. Aber Elisabeth konnte die Schwestern nicht danach fragen, denn derartige Fragen nicht zu stellen gehörte eben zur Bravheit; außerdem hatte sie längst entdeckt, daß die Erwachsenen niemals ihre Fragen wirklich beantworteten. Es galt, auf eigene Faust Erfahrungen zu sammeln. Wenn sie auch nicht sogleich daraus klug wurde, gab es doch immer wieder Augenblicke der blitzartigen Erkenntnis.

Betty sah nieder auf das verstörte, trotzige Kindergesicht vor der gelben Mauer, und es schien ihr, als sei alles, woran sie sich nun erinnerte, nicht ihr geschehen, sondern einem fremden kleinen Mädchen, das sie eine Zeitlang gekannt hatte und das dann eines Tages fortgegangen war und nie mehr von sich hatte hören lassen. Erst jetzt wußte sie, welchem Sturm von Eindrücken dieses Kind ausgesetzt gewesen war, und sie wunderte sich über die kleine, zähe Kraft, die sich diesem Sturm entgegengestemmt hatte und nie ganz zerbrochen war.

Sie schob das leichte Haar aus der Stirn und merkte, daß sie nicht über diese alten Geschichten lächeln konnte. Es gab daran nichts zu lächeln, alles ging noch auf Leben und Tod. Man konnte Ironie nicht gegen Kinder anwenden. Die Kindheit war nicht sanft und idyllisch, sondern der Schauplatz wilder, erbitterter Kämpfe unter der Maske rosiger Wangen, runder Augen und unschuldiger Lippen. So mörderisch waren diese Kämpfe, daß die meisten Menschen sie entsetzt zu vergessen suchten und sich einbildeten, sie seien nach Jahren oberflächlicher Spiele und leichtgestillter Tränen erst zum wahren Leben erwacht.

Und diese Art Menschen schien Betty glücklicher zu sein als die Erinnerer, die immerfort vom Gefühl einer leichten Unzulänglichkeit gequält werden, so als sei ihr Kummer nicht echt genug, die Liebe ein wenig schal und alles wie ein Theaterstück, das sie schon einmal viel besser aufgeführt gesehen haben.

»Ich habe ein ›Sehr gut‹ in der Französisch-Schularbeit«, las Betty und »Gestern waren wir im Wald spazieren. Bitte schickt mir die schwarzen Halbschuhe, weil es schon warm wird«.

Der Abscheu der kleinen Elisabeth gegen ihr Schuhwerk ließ Betty die Zehen krümmen. Es gab im Winter schwarze Schnürschuhe und im Sommer schwarze Halbschuhe und nur während der Ferien Sandalen, auf die sie sich das ganze Jahr freute. Die schmalen Kinderfüße, immer voll Blasen und Schwielen, fühlten sich unglücklich im harten Leder und strahlten ihr Unglücklichsein bis in den Kopf aus.

Die Traurigkeit des Körpers begann Elisabeth heimzusuchen. Er verabscheute so vieles: kratzende Wollstrümpfe und Wolljacken, die rauhen schwarzen Kleider auf Schultern und Armen, schlenkernde Röcke und Unterröcke, enge Kragen, die den zarten Hals zusammenpreßten, das schlechte Essen, die Kälte und hundert abscheuliche Gerüche.

Nase und Magen waren verbunden durch einen Gang, und wenn die Nase gekränkt war, zog sich der Magen schmerzlich zusammen. Alle Glieder standen zueinander in geheimen Verbindungen, die sie sich ungefähr wie Spagatstricke vorstellte, die funktionierten wie elektrische Klingelzüge. Alle diese Vorgänge waren ein wenig lästig und unheimlich. Der Körper, der sich in rauher Kleidung und bei ungenügender Pflege nicht wohl fühlte, wurde mürrisch und eine Last. Elisabeth freute sich immer auf das wöchentliche Bad, das sie hinter weißen Vorhängen, in einer Blechwanne, nehmen durfte. Aber selbst dabei mußte sie das Hemd anbehalten, um sich nicht selbst zu sehen.

Manchmal, wenn Schwester Rosina sich am anderen Ende des Badezimmers beschäftigte und nicht zu befürchten war, daß ihr dampfbeschlagenes Gesicht plötzlich den Vorhang teilen werde, zog Elisabeth das Hemd aus und gab sich ganz der sanften, trägen Wärme hin. Sie wurde schläfrig, wünschte, ewig in der Wanne liegenbleiben zu dürfen, und schob den Gedanken an die kratzenden Strümpfe weit weg. Ihr dünner Kinderleib lag perlmutterfarben im Wasser, durchzogen von feinem blauem Geäder. Sie betrachtete ihn neugierig und im Wissen, eine Sünde zu begehen, denn dieser Leib war böse und nicht wert, angesehen zu werden.

Dann fühlte sie wohl heimliches Mitleid und Zärtlichkeit für den Verworfenen und Ausgestoßenen und strich mit den Fingerspitzen leicht über die Innenfläche des Armes. Dabei war ihr sehr beklommen zumute, aber sie kam nicht darauf, die Unordnung anderswo als in ihrem eigenen Herzen zu suchen.

Die ersten Monate im Internat verbrachte Elisabeth wie ein Mensch, den man brutal ins Wasser geworfen hat und der jetzt um sein Leben schwimmt, wild vor Todesangst und nicht imstande, um sich zu blicken. Nur ganz langsam konnte sie damit anfangen, ein wenig Ordnung in das Chaos von Eindrücken zu bringen. Diese Bemühungen, von wenig Erfolg gekrönt, sollten sie nun jahrelang beschäftigen.

Zunächst gelang es ihr, ab und zu eine Insel im Strom der Erscheinungen zu finden und ihre Umgebung ein wenig von sich abzurücken. Sie entdeckte die verschiedenen Kreise, in denen ihr Leben jetzt verlief: den Kreis der Schule, die religiösen und moralischen Pflichten, das unübersehbare Meer der täglichen Unannehmlichkeiten, die Auseinandersetzung mit den Nonnen und die Anforderungen, die das Leben unter Gleichaltrigen an sie stellte.

Alle diese Kreise überschnitten einander, stellten einander manchmal in Frage, und wenn Elisabeth glaubte, endlich ein wenig Übersicht gewonnen zu haben, türmte sich plötzlich vor ihr die schwarze Woge des Heimwehs und drohte sie zu verschlingen.

So kam es, daß das Kind sich die Welt als Urwald vorstellen mußte, voll schwarzer Schlaglöcher, Fuchsfallen und drohender Gestalten, die sich hinter unübersichtlichen Büschen verbargen. Und durch diesen Irrgarten versuchte nun ein kleiner Mensch für sich allein eine gerade Straße zu bauen. Aber weil er nichts dazu besaß als seine nackten Hände, kam er nicht recht vom Fleck.

Elisabeth machte Entdeckungen, sie kam dahinter, daß es sündhaft war, zu lügen, daß man sich aber mit der Wahrheit nur unbeliebt machte. Ihre Beobachtung von der Freundlichkeit oder Feindseligkeit der Dinge fing an, sich auch auf die Menschen zu erstrecken. Immer von neuem empörte sie sich, noch ganz im Kinderglauben von der Göttlichkeit der Erwachsenen befangen, über jede Ungerechtigkeit. Sie war imstande, während des Unterrichts den Kopf auf die Arme zu legen und verzweifelt zu schluchzen, weil irgendeines der Mädchen, ihrer Meinung nach, zu hart bestraft wurde. Der tödliche Zweifel an der Güte, Gerechtigkeit und Weisheit der Erwachsenen, und damit der Zweifel an dem großen, allmächtigen Gottvater, schlug die ersten Wurzeln in ihr Herz.

Nach einer Zeit der hellen Empörung begriff Elisabeth aber, daß sie nicht stark genug war, allein diesen Kampf auszutragen, mit ihrer hellen, zornigen Stimme, den raschen Tränen und den kleinen Fäusten. Schließlich fing sie an, Streitigkeiten aus dem Weg zu gehen, angeekelt vom Mechanismus des immer gleichen Vorgangs. Die regelmäßig wiederkehrenden Ausbrüche wurden seltener, und sie erntete von den Nonnen manches erfreute Lob für diesen Fortschritt auf dem Weg zur Bravheit.

Aber sie wußte recht gut, daß sie feig war und daß sie niemals und unter keinen Umständen hätte nachgeben dürfen.

In ihren Träumen nahmen die Ungeheuer überhand, und nach wilden Kämpfen und großer Bedrängnis erwachte sie am Morgen matt und leer.

Im ersten Jahr liebte sie weder die Nonnen noch eines der Mädchen, so wenig wie ein Naturforscher die Käfer liebt, die er seiner Sammlung einordnet.

Ihre Zärtlichkeit gehörte noch immer den Dingen: dem Maulbeerbaum im Schulhof, den sie in der großen Pause verstohlen streichelte. Er war eine Verbindung zu einer früheren Welt voll guter und böser Steine, Bäume und Blumen. Die Hand auf seine glatte Rinde gelegt, fühlte sie eine Spur der verlorengegangenen Ordnung und Sicherheit.

Auch den Märtyrer in der Kapelle mochte sie gern. Er lag in einem Glassarg auf einem purpurroten Kissen, eine verstaubte Krone auf dem Knochenhaupt, die bleichen Hände zierlich über der Brust gekreuzt. Er hatte einen so unaussprechlichen Namen, daß sie sich darauf beschränkte, ihn einfach »du« zu nennen. Während des Segens pflegte sie neben ihm zu knien. Er erweckte in ihr trockene, kühle und ehrliche Gedanken und erinnerte sie an die weißen Schneckenhäuser, mit denen sie immer gerne gespielt hatte.

Nun war der Märtyrer leider sehr verstaubt und grau, und Elisabeth hätte ihn gerne aus seinem Sarggehäuse genommen, ihn säuberlich, Bein für Bein, gewaschen und abgetrocknet und vorsichtig zurückgebettet.

Aber natürlich hätte man ihr diesen Wunsch nicht erfüllt. So bestanden ihre Beziehungen einzig und allein aus den Unterhaltungen durch die Glaswand, und manchmal verwünschte sie die große Ehrwürdigkeit ihres Freundes, die ihn ihr entzog. Während der langen Litaneien gestattete er ihr manchmal, seine Stockzähne zu zählen oder mit den verschiedenfarbigen Perlen seines bestickten morschen Kleides Rechenexempel anzustellen.

Beim Anblick der nächsten Karte mußte Betty nun doch lachen. Sie zeigte nämlich die dreizehnjährige Elisabeth als Muttergottes auf der Kongregationsbühne. Es sah aus, als habe man einem Lausbuben eine schwarze Perücke aufgesetzt und ihm befohlen, lieblich auf seine tintenfleckigen Finger niederzublicken. Sie erinnerte sich deutlich, wie unbehaglich sich Elisabeth gefühlt hatte in den wallenden blauen Gewändern, die immerfort dorthin rutschten, wo sie nichts zu suchen hatten.

Ihre Rolle bestand aus edlen, ein wenig hölzernen Worten, die sie fast unhörbar über die Lippen brachte, und die Aufführung war ein mäßiger Erfolg. Ein glatter Durchfall war sie nur deshalb nicht, weil keiner vorgesehen war. Wenn nämlich die Mutter Oberin die Hände aus den weiten schwarzen Ärmeln zog und sie andeutungsweise ineinanderlegte, hatte alles begeistert zu klatschen. Und die Mutter Oberin tat das unter allen Umständen, denn Wohlwollen gehörte zu ihren Pflichten.

Nur einmal verstimmte Elisabeth sie ernstlich, als sie nämlich bei einer Weihnachtsaufführung als Krippenengel hemmungslos dem schwarzen Melchior ins Gesicht gähnte, und das gleich fünfmal hintereinander. Melchior errötete unter seiner Schwärze, und ein paar Augenblicke lang war zu befürchten, er werde zerplatzen. Als diese Gefahr vorüber war, lächelten die beiden Domherren auf den Ehrensitzen, und auch die Mutter Oberin atmete erleichtert auf. Aber immer wenn sie Elisabeth nur von ferne sah, schüttelte sie bekümmert das verschleierte Haupt, um darzutun, daß sie niemals über ihre, Elisabeths, Charakterschwäche hinwegkommen werde.

Derartige Peinlichkeiten passierten übrigens öfters. Die Vorstellung von Absalom, der an seinem Haarschopf auf dem Ast hing, oder von Petrus, der, das Ohr des Malchus haltend, sein Schwert schwang, versetzte sie in stürmische Heiterkeit, und das verstimmte den Herrn Katecheten, der daran nichts Lächerliches finden konnte. Es war fast unmöglich, immer zur passenden Zeit das passende Gefühl zu äußern, denn ihre Vorgesetzten waren über diese Gefühle ganz anderer Ansicht als sie.

Oder wie war es zum Beispiel mit der rätselhaften Geschichte von der Heiligen, die der böse Statthalter in ein Lasterhaus schickte, um sie zu Fall zu bringen? Eher hätte Elisabeth ihre Zunge verschluckt als nicht gefragt, was denn ein Lasterhaus sei. Schwester Martha sagte, es sei ein Haus, in dem Gott ständig beleidigt werde, und sie solle nicht immer vorlaute Fragen stellen. Am Abend erbarmte sich eines der Mädchen und klärte Elisabeth über das Lasterhaus auf und, weil sie gerade dabei war, auch noch über einiges mehr.

Diese Aufklärung machte aber keinen sonderlich tiefen Eindruck auf das Kind. So wie der Durchschnittsmensch aus Büchern weiß, daß die Erde sich um die Sonne dreht und um ihre eigene Achse, ohne darüber den Verstand zu verlieren, weil er die Tatsache nicht erfassen kann, erschütterte es auch die kleine Elisabeth nicht übermäßig, zu erfahren, was Mann und Frau miteinander in der Dunkelheit ihrer Betten trieben. Sie nahm dieses Wissen hin, ohne eine Vorstellung damit zu verbinden, und lebte weiter in ihrer eigenen, kleinen und höchst komplizierten Welt.

Ihre Neugierde und Hartnäckigkeit trugen natürlich nicht dazu bei, sie beliebt zu machen, aber die Nonnen zeigten ihr meist betrübte Verständnislosigkeit und waren bereit, bei dem kleinsten Anzeichen von Reue zu verzeihen. Möglicherweise war sie eine Versuchung für die frommen Frauen. Dafür sprach die plötzliche Abkehr von ihr nach Zeiten der Zugeneigtheit, dann nämlich, wenn ihnen klar wurde, wie ungerecht es war, dieses schwierige Kind im Herzen den Mustermädchen vorzuziehen. Der Verlockung zu unangebrachter Nachsicht und verbotener Zärtlichkeit, die dieses Kindergesicht wecken konnte, mußte man plötzlich eine übertriebene Härte entgegensetzen.

Aber davon ahnte Elisabeth nichts, sie spürte nur den unbegreiflichen jähen Wechsel und ging tagelang in einer Wolke von Schwermut umher.

Verhältnismäßig bald kam sie aber dahinter, daß die meisten Schikanen, denen sie ausgesetzt war, gar nicht von den Nonnen ausgingen, sondern von einer unsichtbaren Macht, die hinter ihnen stand, den Regeln und Gesetzen.

Dieser Widerspruch von harten Regeln in den Händen mehr oder weniger gütiger Frauen übte auf Elisabeth einen seltsamen Reiz aus. Die langen Predigten während der Exerzitien oder in der Fastenzeit waren für sie nur aneinandergereihte Worte, von denen sie nichts begriff als die unerbittliche Gewalt, die hinter ihnen drohte, und die Vorstellung von etwas sehr Grausamem und Kaltem ließ sie Mitleid mit ihren unfreiwilligen Kerkermeisterinnen fühlen.

Die Nonnen lebten nicht nur äußerlich durch die Klausur von ihr getrennt. Elisabeth belauschte manchmal ihr heiteres, belangloses Gezwitscher, brennend vor Neugierde, hinter ihr Geheimnis zu kommen. Sie sah starr in die lächelnden, ein wenig maskenhaften Gesichter unter den weißen Stirnbinden und entdeckte nichts als kindliche Zufriedenheit. Aber gerade diese Zufriedenheit weckte ihr Mißtrauen, denn sie wußte, daß es sie nur für Minuten geben konnte. Diese aber schienen immer zufrieden zu sein und sahen aus, als hätten sie eben einen Löffel Wermut geschluckt und seien froh, ihn unten zu haben.

Wann aber schluckten sie die Bitternis und worin bestand sie? Sie mußte unvorstellbar bitter sein, um diese Heiterkeit zu hinterlassen. Es war deutlich zu spüren, daß sie ganz und gar mit andren Dingen beschäftigt waren, denen Elisabeth nicht auf die Spur kam. Niemals erwiderten sie die Zärtlichkeit der Kinder, als gehörten sie mit Haut und Haar einem anderen. Man konnte sie ärgern und beleidigen, aber in Wahrheit ging es ihnen nicht nahe, denn es betraf sie nicht.

Mit den Jahren entwickelte Elisabeth eine gewisse Eifersucht gegen jenen mächtigen Anderen, der ihr die glatten stillen Gesichter immer wieder auf endgültige Weise entzog.

Betty erinnerte sich an ihren letzten Besuch im Kloster, bei dem sie alles angetroffen, wie sie es vor fünf Jahren verlassen hatte. Wie im Traum ging sie durch die Säle und Kreuzgänge, alles war wieder da, der Geruch nach feuchtem Stein, Weihrauch und muffigen Kleidern, die Jesuskinder in den Glasvitrinen und die hin und her huschenden Nonnen.

Einige hatten ein paar Zähne verloren, waren taub oder weitsichtig geworden, aber ihre Gesichter waren jung geblieben, glatt und wächsern. Die Freude, die sie zeigten, war echt, aber völlig unpersönlich. Die alte Eifersucht regte sich in Elisabeth, die sich plötzlich müde und verbraucht fühlte, und für einen Augenblick erfaßte sie wilde Sehnsucht danach, in einer der kleinen, düsteren Zellen zu schlafen, eine Heilige unter Glas zu betreuen, den Märtyrer täglich zu besuchen und nie wieder in den naßkalten Nachmittag hinausgehen zu müssen. Hoffnungsloses Heimweh ließ ihre Augen feucht werden. Dann war es vorüber und sie wußte jetzt, warum sie sich als Kind so leidenschaftlich gegen diese alles gleichmachende Liebe und Süßigkeit gewehrt hatte.

Die Frauen in den schwarzen Gewändern waren Betörte, immerfort in alle Ewigkeit betört. Auch sie war manchmal betört und einer stärkeren Kraft verfallen, aber immer wieder erhob sich das ungebärdige Kind in ihr, schlug um sich und zerrte an den Fesseln, bis es erschöpft dastand, verlassen von jedem Trost, aber frei.

Sie verabschiedete sich ein wenig überstürzt, das Herz

voll nagender Trauer um den lockenden Frieden, und ging langsam durch die verschneiten Gassen bis zu dem Kaffeehaus, in dem ihr Geliebter sie erwartete.

Als er aber die Zeitung hinlegte und ihr entgegensah, vergaß sie alles und spürte nur noch ihr Blut zart und wild im Hals pochen.

Und Betty, im Pflugerschen Fremdenzimmer im Bett sitzend, spürte noch einmal den Schwindel, der sie zu jenem Mann niedergerissen hatte wie die Schwerkraft der Erde.

Sie nahm die nächste Karte aus der Schachtel, eine Photographie in Postkartenformat, kaum verblaßt, aber voll schmieriger kleiner Fingerabdrücke. Der rundliche blonde Backfisch zeigte schon deutlich Frau Käthes freundliche Züge. Auf der Rückseite der Karte stand: »Meiner lieben Freundin Elisabeth zum ewigen Andenken an den 28. 5. 1922.« Auf einer anderen Photographie stand nur: »Zur Erinnerung an Margot.«

Betty starrte auf das Bild nieder und seufzte. Schwarze, dreieckige Brauen über breiten, weißen Lidern, der große, ernsthafte Mund, und das Haar in einer Krone über der Stirn. Ja, es war Margots Gesicht und auch wieder nicht, weil das Leben darin fehlte, aber es genügte, um Margot auferstehen zu lassen, die ganze Margot, anziehend und abstoßend, geliebt und verabscheut.

Das Jahr 1922 erschien Betty plötzlich von großer Bedeutung.

Sie erinnerte sich genau des hellen, stillen Julimorgens, an dem sie sich sagen mußte, daß sie im Begriff war, eine Frau zu werden. In Zukunft würde sie also aussehen wie einige ihrer früher entwickelten Freundinnen, mit runden Hüften, weißem Busen, und sie würde riechen wie eine Frau. Alles das, was ihr an den anderen gefiel, was sie anziehend und verwirrend fand, mußte sie an sich selber verabscheuen. Verzweiflung überfiel sie bei dem Gedanken, daß jetzt ihr Schicksal ein für allemal beschlossen war.

Sie erinnerte sich der verstohlenen Blicke ihrer Tanten, des wissenden Getuschels und einer beleidigenden Nachsicht, die man ihren Launen in letzter Zeit entgegengebracht hatte. Weinend putzte sie sich die Nase und fühlte sich elend, ganz und gar uneins mit ihrem Körper, der sie plötzlich anekelte.

Es fiel ihr ein, daß man in diesem Zustand nicht kalt baden durfte, um »es« nicht zu vertreiben, und eine letzte Hoffnung regte sich in ihr. Barfuß lief sie über den Gang ins Badezimmer, verriegelte die Tür und ließ die Blechwanne mit kaltem Wasser vollaufen. Voll Überwindung stieg sie hinein, hielt den Atem an und streckte sich lang aus. Erst als ihre Zähne aufeinanderschlugen, stieg sie wieder heraus, trocknete sich flüchtig ab und legte sich noch einmal ins Bett. Von einer unsinnigen Zuversicht erfüllt, schlief sie ein.

Und wirklich verlief der Tag ohne weitere Belästigungen von seiten ihres Körpers, erst am Abend, als sie schon heimlich triumphierte, war »es« plötzlich wieder da.

Nach diesem Ereignis überließ sich Elisabeth einer gewissen Resignation. Sie gab es auf, den geraden Pfad durch den Urwald weiterzubauen, denn es war ja klar, daß es auch Schleichwege geben mußte, auf denen sich die anderen so sicher und gewandt bewegten.

Es gab kaum noch einen Jähzornsanfall, und Elisabeth wurde, von kleinen Unregelmäßigkeiten abgesehen, ein braves Kind. Sie fing an zu lügen und zu betrügen und wurde fast eine Meisterin darin. Jetzt begriff sie nicht mehr, warum sie sich so lange gegen die Macht der Regeln und Gesetze gewehrt hatte. Sie waren doch so leicht zu umgehen, jedermann umging sie, ja, es schien ihr manchmal, als seien sie nur aufgestellt, um umgangen zu werden. Ihr Gewissen freilich war nicht rein dabei, aber das war es auch zur Zeit des ehrlichen Widerstandes nicht gewesen. Wenn sie schon dazu verurteilt war, ein schlechtes Gewissen zu haben, wollte sie wenigstens so angenehm wie möglich damit leben.

Manchmal stieg wohl noch der alte Zorn in ihr auf, er war nicht tot, nur gebrochen, und schaffte sich in heimlichen Tränen Luft. Elisabeth nahm zur Kenntnis, daß sie allein war und sich kein Mensch für ihren Kummer interessierte, und ihr Benehmen wurde höflich, liebenswürdig und fast ein wenig glatt.

In diesem Jahr entdeckte sie, daß sie die Macht besaß, Menschen anzuziehen.

Betty sah nachdenklich auf das schwarze Fensterviereck hinter dem durchsichtigen Vorhang. Die Luft war kühl, voll von den Gerüchen der Nacht, und ließ sie tief atmen. Vom Anfang an, dachte sie, hab' ich darauf verzichtet, diese Macht auszuüben.

Ja, es war nicht einmal eine wirkliche Versuchung für sie gewesen, Gewalt zu üben über ein fremdes Herz. Sobald sie entdeckte, daß jemand von ihr abhängig wurde, flüchtete sie. Zum Teil aus Furcht und zum andern Teil aus Hochmut. Aus einem törichten Hochmut wahrscheinlich, denn alle, die sie nicht betört hatte, waren von anderen betört worden, da es ihr Schicksal war, betört zu werden. Vielleicht lagen sogar Härte und Lieblosigkeit in dem Entschluß, die Freiheit eines Menschen hochzuachten, dessen ganzes Glück es gewesen wäre, diese Freiheit von sich zu werfen.

Aber wie es auch sein mochte, es hatte keinen Sinn, sich darüber den Kopf zu zerbrechen.

Sie sah nieder auf die Bilder der beiden Mädchen, die sie auf diese Gedanken gebracht hatten.

Damals fingen nämlich einige Kinder an, Elisabeths Nähe zu suchen. Es gelang ihr, die meisten von ihnen vorsichtig abzuschütteln, aber mit Käthe und Margot befaßte sie sich selbst gern, und sie begann ihre Freundschaft zwischen ihnen zu teilen.

Käthe war heiter, hilfsbereit und großzügig, und ihr voller, weißer Mädchenleib strömte ein Behagen aus, an dem man sich sanft erwärmen konnte. Es störte Elisabeth kaum, daß sie sich mit ihr nur über ganz alltägliche Dinge unterhalten konnte, ja gerade weil das so war, hatte sie Käthe für die täglichen Spaziergänge auserkoren. Das Gespräch plätscherte angenehm und belanglos dahin, und Elisabeth konnte ihren Gedanken nachhängen, die sie um keinen Preis der Welt der blonden Freundin verraten hätte.

In Käthes Banalität und Gesundheit war aber etwas, das Elisabeth manchmal als Überlegenheit empfand, eine Überlegenheit allerdings, um die sie die andere nicht beneidete und die sie sich gerne gefallen ließ.

Alles war gut, solange Käthes Laune nicht umschlug. Wenn das geschah, wurde sie nämlich unerträglich. Sie schmollte tagelang, und Elisabeth fürchtete sich geradezu vor ihren vorwurfsvollen Blicken und begriff nicht, was geschehen war. Sie versuchte die Freundin zu versöhnen, weniger aus Mitgefühl, als weil sie selbst unglücklich war in diesem Dunstkreis aus gekränktem Schweigen.

Bis sich plötzlich die Wolken verzogen und die alte Käthe wieder auftauchte, freundlich und liebenswert. Aber ein Stachel blieb zurück, und die Furcht vor der nächsten Schmollperiode ließ Elisabeth einen heilsamen Abstand zwischen sich und die Freundin legen.

Eines Tages kam sie endlich dahinter, daß immer, wenn sie sich mit Margot befaßte, Käthes Laune so jäh umschlug, und diese Entdeckung verwirrte sie ein wenig.

Margots Anziehungskraft war sehr groß, sie war begabt, einfallsreich und steckte voll bizarrer Phantasien. Elisabeth konnte sich stundenlang mit ihr unterhalten, ohne Müdigkeit oder Langeweile zu spüren.

Sie war mein einziger Partner, dachte Betty, erstaunt über diese Erkenntnis. Jene prickelnde Freude am Spiel der Gedanken, das rasche Begreifen, noch ehe die andere den Satz zu Ende gesagt hatte, das Aufleuchten von Margots dunklen Augen, die Verständigung mit Blicken und einem Zucken der Mundwinkel, nie zuvor hatte es das gegeben, und nie wieder sollte es das geben.

Sie saßen Seite an Seite und erlebten die erregendsten Abenteuer. Sie schrieben Stücke, in denen Vercingetorix, Hannibal, der letzte Hohenstaufe und Mr. Micawber auftraten, neben dem glücklichen Prinzen und der schönen Lilofee. Dazu zeichnete Elisabeth mit mäßigem Talent Illustrationen, und es war eigentlich erstaunlich, daß sie beide noch Fortschritte in der Schule machten. Niemals wurde ein drittes Mädchen dieser Zweisamkeit beigezogen, es gab auch keines, das diesen Spielen nicht verständnisloses Staunen entgegengebracht hätte.

In Elisabeth stak aber eine gewisse Verräterei, der sie sich klar bewußt war. Margot war ein Außenseiter und nicht imstande, mit den übrigen Mädchen Kontakt zu finden, sie war ganz auf Elisabeth angewiesen, die aber wiederum nicht ununterbrochen in geistiger Hochspannung leben konnte. Von Zeit zu Zeit mußte sie untertauchen in der Banalität der anderen und sich ganz der angenehmen törichten Leere hingeben, die von den gesunden jungen Körpern ausstrahlte. Sie wußte, daß Margot sie dafür verachtete, und sie wußte auch, daß die anderen, deren stärkste Vertreterin Käthe war, ihre Freundschaft mit Margot mißbilligten.

So schwankte sie ständig zwischen den beiden entgegengesetzten Welten und fing an, ernstlich darunter zu leiden.

Wieder schien es Betty, als sei ihr nie ein Mensch so nahegestanden wie Margot, die nun schon mehr als zwanzig Jahre tot war, und Schwermut überfiel sie. Wo war der funkelnde Geist hinter der bräunlichen Stirn, der kleine glühende Kern, der in diesem schmalen Leib gebrannt hatte? Es war Betty nie schwergefallen, sich Leute, die fast nur aus Leib bestanden, tot vorzustellen. Man wußte, was mit dem Fleisch geschah. Aber Margots Leib war so gering gewesen, eine Handvoll Knochen, Sehnen, Haut und Haar. Wo war die wahre Margot geblieben – ausgelöscht von einer erbarmungslosen Hand?

Nagende Sehnsucht überfiel Betty, noch einmal neben ihr zu sitzen, Briefchen zu schreiben und zu empfangen in jener längstvergessenen Sprache, die nur ihnen beiden bekannt gewesen war.

Das Erlebnis, mit einem anderen Menschen geistige Gemeinschaft halten zu können, hatte die kleine Elisabeth überwältigt. Sie entdeckte nach den Dingen endlich den Menschen. Sie war nicht mehr allein in der Welt, die einzige Seele in einer Landschaft voll stummer Dinge, Pflanzen und Tiere, die sie erst mit großen Mühen beleben mußte und aus denen doch immer wieder nur sie, Elisabeth, antwortete. Es gab plötzlich eine zweite Seele, frei wie sie, fähig, allein zu denken, und bereit, mit ihr zu reden.

Es machte Elisabeth sehr glücklich, bis ein störender Zwischenfall eintrat und Margot sich in sie verliebte. Es war unfaßbar und schrecklich, aber sie mochte Margots Körper nicht. Es kostete sie große Überwindung, diese schmale, allzu heiße Hand zu halten, und die gelben, biegsamen Finger verursachten ihr denselben Widerwillen wie ihr schlanker bräunlicher Nacken und ihr schleichender Gang.

Sie wünschte sehnlich, Margot möge sich wieder in die kühlen, trockenen Sphären zurückziehen, in denen sie so glücklich sein konnten, aber immer wieder kam der Augenblick, in dem die großen, gelbbraunen Augen starr wurden, der Mund zu zittern begann, die erste Träne sich vom Lidrand löste und über die gelbliche Wange rollte. Margot schmollte nicht wie Käthe, dazu war sie sich ihrer Schwäche zu klar bewußt, aber ihr stumm leidender Märtyrerblick war das schlimmste, was Elisabeth an seelischen Repressalien kannte.

Eines Tages, als sie nach kurzer Abwesenheit in den Studiersaal zurückkam, fand sie Margot in Tränen aufgelöst über dem Pult liegen. Auf ihre Frage, was denn passiert sei, hob die Freundin die verklebten Wimpern und flüsterte leidenschaftlich: »Deinetwegen könnte ich sterben, du hast kein Herz, nichts berührt dich, nichts...«

Elisabeth nahm diese Behauptung mit bestürztem Schweigen hin, denn es war nie die Rede gewesen vom Sterben, und Margot erfreute sich bester Gesundheit.

Sie grübelte vergeblich über die rätselhaften Worte. Vielleicht wäre es gut gewesen, die so unbegreiflichen Zuständen Ausgesetzte ein wenig zu streicheln, allein der Widerstand in ihrer Hand war zu stark.

Aber schon putzte sich Margot die Nase und sagte: »Vergleichen wir einmal den Caesar.« Freudig und erleichtert holte Elisabeth ihre Übersetzung hervor, glücklich darüber, Margot in ungefährlichem Fahrwasser zu wissen.

Das ganze Jahr verbrachte sie wie ein Mann zwischen zwei Frauen, unter Vorwürfen, Tränen und Szenen, von einem dunklen Schuldgefühl geplagt, in ständiger Spannung und Angst.

Eines Nachts erwachte sie und sah eine weißliche Gestalt vor ihrem Bett stehen, vorgebeugt und lauschend. Elisabeth fuhr fort, wie in tiefem Schlaf zu atmen, und bewegte sich nicht. Sie wußte nicht, was Margot von ihr wollte, aber sie fürchtete sich vor privaten Gesprächen, die meist in Feindseligkeit auf der einen und Kummer auf der anderen Seite endeten.

Sie verabscheute sich selbst für ihre hölzerne Kälte, die ihr verbot zu sagen: »Komm unter meine Decke, bevor du kalte Füße kriegst.« Natürlich war es streng untersagt, zu zweit in einem Bett zu liegen; zwei Mädchen, die eine Nacht gemeinsam verbracht hatten, waren am nächsten Tag entlassen worden. Aus irgendeinem Grund war das eine Schande und schmutzig. Aber sie mochte selbst nicht mit anderen Leuten im Bett liegen, es war so heiß und unbequem, außerdem sah sie ein Gesicht lieber aus einiger Entfernung als aus großer Nähe, die es zu einem weißen Fleck verschwimmen ließ.

So blieb sie also, verhärteten Herzens, still liegen und stellte sich schlafend. Margot bewegte sich nicht von der Stelle, ihre Haltung war lauernd und gespannt. Langsam fing es an, ungemütlich zu werden. Elisabeth wollte sich zur Seite drehen, wagte es aber nicht. Nach einer Zeit, die ihr endlos lang erschien, ging Margot in ihr Bett zurück, und Elisabeth hörte sie unter der Decke leise und trostlos schluchzen.

Am nächsten Tag wich sie ihr aus und hielt sich an Käthe, aber es war nicht mitanzusehen, wie Margot sie mit hungrigen Augen umschlich. Dieser Anblick vergällte ihr auch das harmlose Vergnügen an Käthes Gesellschaft. Sobald sie sich aber wieder mit Margot befaßte, ging Käthe mit gefurchter Stirn und aufgeworfenen Lippen umher und sah aus wie eine kleine blonde Bulldogge. Wild und aufsässig auf die beiden starrend, ließ sie es auch nicht an spitzen Bemerkungen fehlen. Elisabeth hätte sie schütteln und ohrfeigen mögen.

Auf eine fatale Art wurde sie von beiden Mädchen abhängig und wünschte sie manchmal zum Teufel und sich selbst auf eine einsame Insel, unter hohe Bäume, die weder Liebe noch Eifersucht kannten.

Sie ließ sich sogar zu Schmeicheleien und kleinen Versöhnungsgeschenken herbei, aber die beiden waren unbestechlich und wollten etwas von ihr, was sie sich nicht vorstellen konnte und was ihr Furcht und Abneigung einflößte. Margot ignorierte Käthe vollkommen und übersah sie einfach, Käthe hingegen, viel robuster, ließ sich keine Gelegenheit entgehen, die andere als überspannt und lächerlich hinzustellen. Sie war überlegen in der Kriegsführung, weil sie rein instinktmäßig handelte, genau die schwachen Stellen der anderen traf und obendrein des allgemeinen Beifalls sicher sein durfte.

Nur wenn Elisabeth sich einem dritten Mädchen zuwandte, einigten sie sich wortlos und setzten Gesichter auf, die sie veranlaßten, sich schleunigst von ihrem kleinen Seitensprung zurückzuziehen. Irgendwie war Elisabeth in den Ruf der Flatterhaftigkeit gekommen, denn es war ihre Gewohnheit, sich frei und ungebunden zu bewegen, ahnungslos in feste Freundschaftsbünde einzubrechen und sich unverbindlich zurückzuziehen, sobald ihre Neugierde gestillt war. Die Versuchung dazu war so groß, daß sie ihr unmöglich widerstehen konnte.

Eine bestimmte Bewegung, ein Lächeln, der Tonfall einer Stimme konnten sie dazu verleiten, sich einige Stunden oder Tage ausschließlich mit einer bestimmten Person zu befassen, blind für ihre übrige Umgebung. So erinnerte sich Betty, einem dünnen, gefräßigen Mädchen eine Woche lang ihr Jausenbrot überlassen zu haben, unter der Bedingung, daß sie sich abends gegen die untergehende Sonne stelle, die ihrem braunen Haar den rötlichen Ton welker Buchenblätter verlieh.

Häufig gab sie ihr Taschengeld dafür aus, sich derartige kleine Entzückungen zu verschaffen. Sie spürte selbst, daß darin etwas Liebloses und Unmenschliches war, denn es lag ihr gar nichts an den betreffenden Mädchen. Alles, was sie an Freundschaftsgefühlen aufbringen konnte, gehörte Margot und Käthe, und gerade diese beiden Bevorzugten peinigten sie mit ihrer Eifersucht und unterschoben allen ihren Handlungen und Worten eine Bedeutung, die ihnen gar nicht zukam.

Noch einmal tauchte das Bild des gefräßigen Mädchens mit dem Buchenblätterhaar auf, und Betty gestand sich ein, daß sie die große Verführbarkeit der Männer verstand. Manchmal im Autobus hinter einer fremden Frau sitzend, glaubte sie zu wissen, was in einem Mann vorging beim Anblick eines schmalen Nackens, in dem sich glänzendes Haar ringelte. Er brauchte nur die Hand auszustrecken nach dieser Lieblichkeit, und die unheilvolle Lawine kam ins Rollen.

Es gab so viel glänzende Wimpern, sanft gerundete Wangen, gewölbte Lippen und Schultern, die dazu geschaffen schienen, von einer Männerhand umschlossen zu werden. Selbst sie, als Frau, konnte nicht ungerührt daran vorübergehen, und ein Mann, den das kalt ließ, war kein Mann oder besaß keine Spur Phantasie.

Noch immer wurde der winzige Neid, den jetzt der Anblick von Jugend und Schönheit in ihr weckte, von Entzücken erstickt, von dem alten, hilflosen Verlangen, für das es keine Stillung gab.

Als der Frühling kam, wurde Elisabeth gereizt und nervös. Immerzu im Mittelpunkt von Spannungen stehend, die sie nicht verstehen konnte, fand sie keine Ruhe, und vor allem fehlte ihr das notwendige Quantum Einsamkeit, das für sie lebenswichtig war.

Es gab Tage, an denen plötzlich alle Mädchen besonders freundlich und entgegenkommend zu ihr waren und sie begeistert darauf einging. Aber genau das schien man nicht von ihr zu erwarten und zu wünschen, denn plötzlich schlug die Stimmung um, die Mädchen wurden streitsüchtig, launenhaft und unerträglich.

Wenn Elisabeth diese Schwankungen nicht ertragen konnte, nahm sie ihre Hefte und zog sich, was verboten war, in ein leerstehendes Zimmer zurück, erbittert über ihre eigene Schwäche, die sie von den Launen ihrer Umgebung abhängig machte.

Inzwischen war der Fronleichnamstag herangekommen. Elisabeth fürchtete sich ein wenig davor, denn er war jedes Jahr sehr anstrengend. Am Morgen fand der Umgang durchs Kloster statt, und am Vormittag nach dem Hochamt die Prozession durch die Stadt. Nun waren die Mädchen aber schon nach dem ersten Umgang müde, und auf den staubigen Straßen, in ihren schwarzen warmen Kleidern, geschah es, daß einer oder der anderen übel wurde und sie weggetragen werden mußte.

Elisabeth wäre auch gern umgefallen, um die endlose, sich bis gegen Mittag hinziehende Prozedur abzukürzen, aber es gelang ihr nicht. Wenn ihre Beine schon einknickten, das Haar von der Sonnenglut zu brennen schien und die Weihrauchwolken sie fast erstickten – sie stand noch immer da, Schweißperlen auf der kleinen Nase und unfähig, einfach umzufallen.

Und das ist mir geblieben, dachte Betty. Noch immer hatte sie etwas gegen Rauschzustände, Betäubungsmittel, Musik, verdunkelte Zimmer und Mondscheinpartien. Jener Jüngling fiel ihr ein, der eines Abends auf einer Bank ihr tief in die Augen blickte, ihre Hand ergriff und flüsterte: »Was fühlst du jetzt?« Es war, als habe er ihr Alaun zu schlucken gegeben. Sie zog rasch die Hand zurück und sagte: »Nichts.«

Auch der Fronleichnamstag des Jahres 1922 wäre vorübergegangen wie seine Vorgänger, er blieb in ihrer Erinnerung nur haften, weil an ihm der große Streit stattgefunden hatte.

Am Vortag schmeichelte Elisabeth Schwester Martha die Erlaubnis ab, die Blumen im Badezimmer zu ordnen, eine Beschäftigung, die sie vollkommen glücklich machte. Das Badezimmer mit seinen acht Blechwannen war eine einzige Wildnis von Blumen und Sträuchern, man mußte sich erst einen Weg hindurch bahnen, ehe man mit der Arbeit beginnen konnte. Die Blumen stammten zum größten Teil von Freunden und Gönnern des Klosters, aus den schattigen Gärten der Stadt.

Die Schwestern waren damit beschäftigt, die Klausur zu schmücken, die einmal im Jahr, nämlich am Fronleichnamstag, für den Umzug geöffnet wurde. Jede Nonne durfte auf dem Gang, gegenüber ihrer Zelle, einen kleinen Altar errichten, ganz nach ihrem Belieben und Geschmack.

Da gab es alte, nachgedunkelte Ölbilder zu sehen, Statuen aus Holz oder Gips, die merkwürdigsten Reliquien unter Glas, Gold und Perlen, umwunden von lateinisch beschriebenen Bändchen, alles halbverdeckt von Schwertlilien, Pfingstrosen und Schneeball, und dann gab es natürlich die vielen Wachskerzen, die im Luftzug flackerten. Soviel gab es zu sehen, daß Elisabeth zehn Augen benötigt hätte statt zwei.

Besonders eine kleine Heilige unter einem Glassturz weckte ihre räuberischen Wünsche. Dieses winzige Wachsmädchen mit dem rotbraunen Haar, den veilchenfarbenen Augenpunkten und den schmalen, nackten Füßen, die unter dem goldenen Kleid hervorsahen, ließ jedes Jahr den Entschluß in ihr reifen, es einfach zu stehlen. Daß sie nie dazu kam, lag nicht an plötzlich auftretenden Hemmungen, sondern daran, daß sie niemals in die glückliche Lage geriet, die Hand danach ausstrecken zu können. Und nach dem Umgang wurde die Spielzeugheilige ja wieder für ein ganzes langes Jahr in die dunkle Zelle verbannt. Sie war ein Ding, das Herzweh machte und das Elisabeth am liebsten aufgefressen hätte, um es endlich ganz für sich zu haben.

Diese Unmöglichkeit, die Dinge, die sie liebte, in Besitz zu nehmen, quälte sie auch jetzt beim Ordnen der Fronleichnamsblumen.

Was konnte sie wirklich mit ihnen beginnen? Hätte sie dem barbarischen Drang nachgegeben, sich in das weiß-rosa-rote Meer zu stürzen, die Herzen der Pfingstrosen zu zerbeißen, die Schwertlilien zu zerdrücken – es wäre nichts als Tod und Zerstörung übriggeblieben. Man konnte die Schönheit gar nicht zart genug anfassen.

Geschickt ordnete sie die verschiedenfarbigen Pfingstrosen in den Schüsseln, Eimern und Wannen, roch ein wenig mit geblähten Nasenflügeln daran, aber nicht zu stark, um bei Sinnen zu bleiben, und ließ sich ein einziges Mal dazu hinreißen, eine weiße Blüte auf das rotgefiederte Herz zu küssen.

Sie trennte die gelben von den blauen Schwertlilien, füllte eine Wanne ganz mit den Zweigen des Schneeballs und stellte die leicht zu knickenden Herzblumen in einen besonderen Eimer, wo sie noch lange im Luftzug zitterten. Auch die Buschröschen und die vielen Zweige von Sträuchern, die sie nicht kannte, ordnete sie in einer eigenen Wanne. Dann zog sie die grünen Vorhänge der Fenster zu und stand in einem gedämpften Waldeslicht, sanft erregt von unzähligen Gerüchen und dem leisen Summen der gefangenen Bienen, die noch nichts von ihrer Gefangenschaft ahnten.

In diesem Augenblick, dem unglücklichsten von allen Augenblicken, ging die Tür auf und Käthe trat ein. Die brave, gute Käthe, in Elisabeths verzaubertes grünes Dämmerreich.

Elisabeth starrte sie an wie eine Fremde und brauchte ein paar Sekunden, bis sie sich gefaßt hatte. Ärger war das nächste Gefühl, und sofort war auch das Wissen da, daß die Freundin, die ja ahnungslos war, nichts davon merken durfte.

Käthe trat näher und fuhr mit der festen runden Hand über die weißflockigen Schneeballköpfe. Es tat Elisabeth weh bis in die Zehenspitzen, aber sie beherrschte sich.

»Hier verkriechst du dich«, sagte Käthe mit einem verräterischen Beben in der Stimme, »du hast versprochen, mit mir spazierenzugehen. Jetzt sind die andern schon weg.« Sie preßte verstockt die Lippen aufeinander und sah herausfordernd auf die Freundin.

Elisabeth beschloß, sich lieber zu erniedrigen, als sich in ihrer Stimmung stören zu lassen. Und mit gespielter Freundlichkeit versprach sie, gleich nachzukommen, sie werde noch mit ihr in den Hof gehen, da sei es wenigstens schattig und kühl. Dabei streckte sie die Hand aus und strich eine blonde Strähne aus Käthes Stirn.

Als habe sie nur auf diese Berührung gewartet, stürzte das Mädchen ihr entgegen und begann schluchzend und zitternd um einen Kuß zu betteln. Elisabeth erstarrte. Die heiße, tränennasse Wange an der ihren, der Duft nach dem erregten Mädchenleib, alles zusammen war anziehend und abstoßend zugleich. In einem Aufruhr von Mitleid, Zorn und Hilflosigkeit streichelte sie die bebende runde Schulter und schob die Weinende ein wenig von sich ab.

Käthe suchte ihr Taschentuch hervor und preßte es auf den Mund, dann ging sie wortlos fort.

Elisabeth setzte sich zitternd auf den Rand einer Wanne und versuchte, sich über das Vorgefallene klarzuwerden. Es schien, daß sie für Käthe eine ähnliche Versuchung bedeutete, wie die Pfingstrosen für sie es waren, und sie begriff, daß Käthe sie jetzt hassen mußte. Aber zugleich wußte sie auch, mit einer Härte, über die sie selbst erstaunt war, daß sie es nicht ertragen konnte, von einem anderen Menschen in Besitz genommen zu werden. Furcht und Abneigung gegen diese tränenfeuchte Hitze überwogen selbst ihr freundliches Gefühl für Käthe.

Die glückliche Stunde war ihr zerstört. Alle Blumen schienen ein wenig von ihr abgerückt und durch eine unsichtbare Wand von ihr getrennt. Sie hätte gerne geweint, aber dann schämte sie sich vor den Pfingstrosen und tat so, als sei nichts geschehen.

Der Fronleichnamsmorgen war getrübt durch die trotzig schweigende Käthe, die heute mehr als je zuvor einer bösen, kleinen Bulldogge glich. Ihre Lider waren verschwollen, die Lippen aufgeworfen, dazu sahen die blonden, sanften Stoppellocken beinahe grotesk aus.

Elisabeth fand es herzlos, sich auch noch über das unglückliche Aussehen der Freundin lustig zu machen, und sie war tatsächlich ein wenig zerknirscht über ihre Schlechtigkeit.

Margot ging während der Stadtprozession vor ihr, man sah ihren schmalen, gebeugten Nacken unter der Last der schwarzen Zöpfe, und Elisabeth wußte, daß sie die Augen bis auf einen kleinen Spalt geschlossen hatte, die Hände steil und aufreizend gefaltet trug wie eine gotische Figur, und daß sie während der Prozession kein Wort reden werde. Zorn über diese vermeintliche Heuchelei stieg in ihr auf. Sooft sie Margot im Gebet versunken sah, hätte sie hingehen und ihr ein paar Ohrfeigen versetzen mögen, denn es schien ihr eine Schamlosigkeit, seine Gefühle, an die sie noch dazu nicht recht glaubte, so zur Schau zu stellen. Sie konnte sich recht gut vorstellen, wie ein derartiges Benehmen die römischen Richter dazu gezwungen hatte, Märtyrer zu machen und sich selbst in ewiges Unrecht zu setzen.

Überhaupt herrschte an diesem Fronleichnamstag vom frühen Morgen an eine Mißstimmung. Tränen waren geflossen um zerrissene Spitzenkragen, widerspenstige Locken und verlegte Handschuhe. Außerdem war man mit den Aufgaben nicht fertig geworden, so daß auch mit einem trübseligen Nachmittag zu rechnen war.

Die Hitze auf der Straße wurde am Vormittag unerträglich. Elisabeth haßte den Geruch nach verbranntem Haar, Weihrauch und in der Sonne dahinsterbenden Birken. Sie stieg von einem Fuß auf den anderen, sah ihre Hände bläulich anlaufen und schleckte die salzigen Schweißtropfen von den Lippen. Käthe schwieg verstockt und starrte wild auf den Teppich aus Pfingstrosenblättern. Aufstehen, hinknien, sich bekreuzigen, wieder aufstehen, es war nicht zu glauben, woran der liebe Gott seine Freude hatte.

Gegen Mittag ließ sich Margot aus ihrer gotischen Pose heraus einfach hinfallen. Sie fiel in die Pfingstrosen, und Elisabeth stellte fest, daß sie auch in dieser Lage noch sehr edel aussah, was bei ihr nicht der Fall gewesen wäre. Sie beneidete Margot ein wenig, die jetzt abgeschleppt wurde, und mußte lachen über ihre noch immer krampfhaft gefalteten Hände.

Käthes Laune schien sich bei diesem Anblick etwas zu heben, und Elisabeth ließ sich dazu hinreißen, ihr einen verständnisinnigen Blick zuzuwerfen. Daraufhin bot ihr Käthe ein Bonbon an, und der Friede schien wiederhergestellt. Aber Elisabeth hatte ein abscheuliches Gefühl dabei. Sie hatte Margot an Käthe verraten mit diesem Blick. Sosehr sie Margots Haltung mißbilligte, hätte sie sich doch niemals mit einer anderen über sie lustig machen dürfen, am wenigsten natürlich mit Käthe.

Das alte Schuldgefühl quälte sie, das Wissen um ihre eigene Zwiespältigkeit, um die Unfähigkeit, sich einmal ganz und endgültig für einen Menschen oder eine Sache entscheiden zu können. Diese heimliche Treulosigkeit mochte es sein, was die Mädchen immer wieder gegen sie aufbrachte. Aber es lag ja nicht an ihr allein, Margot war eben neben allen ihren Vorzügen aufreizend lächerlich, die hübsche Käthe konnte wie eine Bulldogge aussehen, die Nonnen waren nicht nur ehrwürdig, sondern auch zu Spott reizend – andererseits gab es ein dummes und häßliches Mädchen, dessen Gesicht sie manchmal am liebsten gestreichelt hätte, um der überraschenden Schönheit willen, die es plötzlich von innen her überflutete. Und es konnte keinen Zweifel geben, daß die sanfte, liebliche Chemielehrerin zeitweilig vom Teufel besessen war.

Bettys Erinnerung verwirrte sich ein wenig, sie sah sich im Wohnzimmer hinter ihrem Vater stehen, der irgendwohin in den verschneiten Garten sah. Er mußte ihr Kommen auf weichen Hausschuhen überhört haben, denn plötzlich lachte er mit einer ganz fremden Stimme kurz und kalt auf, und als er sich umwandte, war sein vertrautes Gesicht unfaßbar verändert, als seien alle Züge ineinandergeronnen und hätten sich zu einem ganz fremden gemischt. Die gewohnte Harmonie war zerstört, und die Augen, die sie ansahen, waren nicht die ihres Vaters.

Im nächsten Augenblick war das vorüber, aber Elisabeth ging ihrem Vater einen Tag lang aus dem Weg. Später schien ihr dieses Erlebnis unwirklich wie ein Traum. Alles war wieder wie früher, aber die leise Zweideutigkeit, die dem geliebten Gesicht jetzt anhaftete, stürzte sie in Verwirrung und Zweifel.

Ihre Liebe veränderte sich ein wenig und blieb getrübt von Mitleid und Wissen. Über allen Menschen und Dingen lag an manchen Tagen ein Hauch von Zwiespältigkeit, der Elisabeth mit Unbehagen und Hilflosigkeit erfüllte.

4

Betty zog die Jacke ihres Schlafanzuges über der Brust zusammen und fröstelte. Die Nächte waren hier selbst im Hochsommer kühl. Sie stellte die Schachtel auf den Tisch, legte sich zurück und knipste das Licht aus. Aber sie war hellwach und ihr Hirn von einer Klarheit, die sie schwindlig machte. Hinter den geschlossenen Augen kamen und gingen die Bilder und Gedanken, und sie gab es auf, sich dagegen zu wehren.

Wieder kam sie zurück auf den großen Fronleichnamsstreit. Das Geplänkel bei Tisch, die hetzenden Zwischenbemerkungen eines der Mädchen, die Käthe wütend werden ließen, Margot, die blaß und mit der verhaßten Märtyrermiene auf ihren Teller starrte, und die Statisten am Rand, lauernd, sensationslüstern und froh, ihren trüben Gefühlen nachgeben zu dürfen.

Zunächst verlief der Streit eher allgemein, dann, wie auf geheimes Kommando, wandten sich alle gegen Elisabeth. Jedes der Mädchen erhob plötzlich irgendwelche Anschuldigungen, die aber so kindisch und belanglos waren, daß man sie nur als Tarnung für einen viel ernsteren Vorwurf auffassen konnte, für den ihnen die Worte fehlten.

Elisabeth wußte, daß eine Verteidigung hier sinnlos war, und der alte Kinderzorn stieg in ihr auf. Sie legte die Gabel aus der Hand, maß ihre Gegnerinnen herausfordernd und sagte: »Was wollt ihr eigentlich von mir?«

Da verstummten sie alle, wichen verstockt ihrem Blick aus, und die Mahlzeit wurde unter Schweigen beendet.

Am Nachmittag schrieb Elisabeth die Mathematikaufgabe schlecht und mit vielen Fehlern, aber sie wollte um keinen Preis eines der Mädchen fragen. Wie Verschwörer saßen sie beisammen, verglichen geschäftig ihre Resultate und ließen es nicht an Blicken und Getuschel fehlen.

Und, welch erbärmlicher Anblick, auch Margot saß unter ihnen, und man konnte ihren Augen ansehen, wie elend sie sich fühlte in dieser Rolle.

Nach der Jause brach dann der offene Streit zwischen Käthe und Margot aus. Man mußte Käthe zurückhalten, sonst hätte sie sich auf die Kleinere und Schwächere gestürzt. Daraufhin bildeten sich zwei Parteien, und man warf einander Dinge vor, die besser ungesagt geblieben wären.

Elisabeth setzte sich angeekelt unter den Maulbeerbaum, unglücklich vor Nichtbegreifenkönnen.

Zum Abendessen erschienen die Parteien wieder geeinigt und warfen unheilschwangere Blicke auf Elisabeth, die keinen Bissen schlucken konnte. Niemand redete sie an, und ihre Sitznachbarinnen rückten von ihr ab, als sei sie aussätzig oder eine Diebin.

Nach dem Essen, das endlos lang dauerte, überreichte Käthe Elisabeth einen Brief, in dem man sie in aller Form aufforderte, sich einem Ehrengericht zu stellen. Und zwar in einer halben Stunde, auf dem Seitenchor. Ihr Nichterscheinen werde man als Feigheit auslegen.

Aus der sorgfältigen Formulierung ersah Elisabeth, daß der Brief von Margot abgefaßt war. Sie fand die ganze Sache pathetisch und zum Lachen, aber die steinernen Gesichter der Mädchen belehrten sie eines Besseren. So steckte sie also die Aufforderung in die Tasche und ging schweigend vom Tisch.

Da sie natürlich keinesfalls als Feigling dastehen wollte und auch ein wenig neugierig war, fand sie sich zur angegebenen Zeit auf dem Seitenchor ein. Es war dort halbdunkel, und man konnte die Gesichter der Mädchen nicht unterscheiden; das mochte dem seltsamen Richterkollegium gerade gelegen sein, denn was Elisabeth nun zu hören bekam, hätte man ihr schwerlich bei Tageslicht sagen können. Man warf ihr nämlich vor, sie sei falsch und treulos und habe mit jeder von ihnen ihr Spiel getrieben. Allerdings hatte niemand gebrochene Schwüre oder Versprechungen aufzuweisen, aber gerade diese Tatsache schien ein besonders ungünstiges Licht auf Elisabeths Charakter zu werfen, denn Schwüre und Versprechungen hatte man eben einander zu leisten.

Endlich erklärte Margot, die sich am besten ausdrücken konnte, es sei ganz einfach ungehörig, mehrere Freundinnen zu haben, sie müsse sich endlich für eine entscheiden, ihr treu bleiben und auch niemals wieder in eine andere Verbindung einbrechen und Unheil anrichten.

Elisabeth verteidigte sich ein wenig lahm und sagte nur, sie habe sich keiner von ihnen aufgedrängt, und es sei doch nicht verboten, mit jeder von ihnen freundlich zu sein. Worauf eine verlegene Stille entstand.

Aber Margot war nicht so leicht zu verwirren. »Du verstehst mich recht gut«, sagte sie, »du bist anders als wir, eben, das ist es, keine ist so wie du... so... das ist das Schlechte an dir... aber«, fügte sie plötzlich mutlos werdend hinzu, »vielleicht kannst du gar nichts dafür, daß du auf uns wie ein Gift wirkst.«

Käthe, die nicht begriff, hörte nur den Vorwurf aus Margots Stimme, und ihre Treue brach durch. »Unsinn«, schrie sie. Alles sei Margots Schuld, die mit ihrer Überspanntheit und ihren verdrehten Augen immerzu hinter Elisabeth her sei, und Elisabeth könne man höchstens den Vorwurf der Schwäche machen. Margot möge sich endlich zurückziehen, und alles werde in bester Ordnung sein.

Elisabeth aber war noch immer bei Margots Worten, die genau ihre wunde Stelle getroffen hatten. Sie war jetzt überzeugt davon, daß sie wirklich ein Gift in sich trug, das Verwirrung in ihrem und in fremden Herzen erzeugte. Gleichzeitig wurde ihr aber die Lächerlichkeit dieser Versammlung so überwältigend deutlich, daß sie in Versuchung war, hell herauszulachen. Plötzlich hatte sie nur den einen Wunsch, ihren Richterinnen zu entkommen und sie nie mehr sehen zu müssen.

»Am besten«, sagte sie, »wird es sein, wenn ihr mir in Zukunft aus dem Weg geht. Ich brauche euch übrigens alle miteinander nicht.« Dann ging sie hinaus und vernahm noch einen hellen Schlag, von dem sie später erfuhr, es sei die Ohrfeige gewesen, die Käthe der kleinen Margot verabreichte.

Elisabeth ging über den mit Mädchen bevölkerten Kreuzgang, und von einem schrecklichen Widerwillen gegen alle erfaßt, sperrte sie sich eine Stunde lang im Klosett ein, stieg aufs Fensterbrett und betrachtete bekümmert den Abendhimmel.

Am nächsten Tag erwartete sie, von allen gemieden zu werden, aber die Mädchen, verlegen über die Szene, die sie selbst nicht begreifen konnten, taten nichts dergleichen. Bald war alles wieder, wie es immer gewesen war, nur hatten sich die Spannungen sehr gemildert, und eine Mattigkeit lag über ihnen allen. Außerdem rückten die letzten Prüfungen immer näher, und Elisabeth tauchte ganz unter in die wohltätige, saubere Welt der Gleichungen und Vokabeln.

Betty versuchte sich der folgenden Ferien zu besinnen, aber da war kein Wort, keine Gebärde, die in ihrer Erinnerung haftengeblieben waren. Und doch mußte es diesen Sommer gegeben haben. Wo war er geblieben mit seiner Hitze, seinen Regengüssen, seinem Duft und den hellen Nächten? Wo waren die Stimmen ihrer Eltern, die Gesichter der Gäste? Tot, dieser Sommer war tot oder schlief so fest, daß sie ihn nicht mehr wecken konnte. Alle Sommer schienen ihr ineinanderzufließen und ließen sich nicht mehr trennen.

Gewisse Ereignisse stellten Markstteine dar, an denen sie sich ausrechnen konnte, um welches Jahr es sich handelte, aber in großen Zügen waren diese Sommer ihrer Mädchenzeit alle gleich, erfüllt von Faulenzen, In-der-Hängematte-Schaukeln, Ballspielen, Beerenpflücken, und das alles unter geballten weißen Wolken auf einem hellblauen Himmel und ein wenig getrübt von Überdruß und Langeweile.

Mit dem Eintreffen ins Kloster gewannen die Bilder wieder ihre Schärfe zurück. Betty sah Elisabeth, noch immer mager wie ein Kind, mit langen Beinen, auf dem großen Holzkoffer sitzen und verzweifelt in einen Stoß Hemden schluchzen. Sosehr sie sich in der letzten Ferienwoche nach der Schule gesehnt hatte, so sehr sehnte sie sich jetzt nach dem spätsommerlichen Garten, dem vertrauten Haus und nach etwas, wofür es keinen Namen gab, was aber zu dem Begriff Daheim gehörte.

Wild fing sie an, sich das Hirn mit Zahlen und Daten auszustopfen, um nicht diesem nagenden Heimweh ausgeliefert zu sein nach dem Fleck Erde, der ihr aus der Ferne als das Paradies erschien und mit dem sie in Wirklichkeit gar nichts anzufangen wußte.

Gegen Ende November erlosch dieser hektische Eifer wieder, und Elisabeth fing an herumzutrödeln, zu lesen, Männchen in ihre Hefte zu kritzeln und mit den Schürzenbändern zu spielen.

Im Advent war sie dann geneigt, Tagträumen nachzugehen. Mit der einsetzenden Kälte erlosch ein Teil ihres Lebens. Sie riegelte sich in sich ein, bewegte sich ungern; immer fröstelnd und in einen unglücklichen Körper gesperrt, der unverhältnismäßig unter der Kälte litt, sank sogar ihre Intelligenz um ein paar Grade und machte einer schläfrigen Benommenheit Platz.

Der Winter bestand einzig und allein darin, auf den Frühling zu warten.

Betty drehte sich auf die linke Seite und begann zu rechnen. Sie war jetzt fünfundvierzig Jahre; wenn man die ersten zehn Jahre im Elternhaus abzog, in denen der Winter noch nicht schrecklich war, so hatte sie fünfunddreißig Winter hinter sich. Sie rechnete den Winter zu fünf Monaten, das machte hundertfünfundsiebzig Monate, also ungefähr vierzehn Jahre. Vierzehn Jahre, die sie frierend und voll Unbehagen verbracht hatte, nur im beschränkten Besitz ihrer geistigen und körperlichen Fähigkeiten.

Nun, so war es eben, vierzehn Jahre, eine Zeit, um die zu trauern nicht viel Sinn hatte. Einige dieser Winter hätte sie gerne aus ihrem Gedächtnis gestrichen, aber sie saßen fest in ihr mit ihrer ganzen Häßlichkeit und Kälte.

Der gutgefüllte Polster drückte gegen ihr Herz, und sie drehte sich nach rechts und beschloß, endlich einzuschlafen. Aber obgleich sie müde war, hörten die Bilder hinter ihrer Stirn nicht auf, sie zu bedrängen.

1923, ein quälendes, fiebriges Jahr für die Fünfzehnjährige, anstrengend und ermattend für Körper und Seele. Aber es waren jetzt nicht mehr die Freundinnen, die ihr zusetzten und sie belästigten. Mit ihnen war während der großen Ferien eine Veränderung vorgegangen.

Käthe, noch ein wenig voller und weiblicher geworden, trug das Haar zu Schnecken aufgesteckt und wendete ein Gesichtswasser an. Sie war freundlich und kameradschaftlich, aber ganz auf andere Dinge konzentriert, voll heimlicher Zufriedenheit. Eines Tages gestand sie Elisabeth, sie habe sich verlobt, natürlich dürfe noch niemand darum wissen, aber sie sei sehr glücklich. Mit Hilfe einer externen Schülerin führte sie einen regen Briefwechsel mit dem betreffenden jungen Mann, und ihr einziger Kummer war, daß sie seine Briefe klein zerrissen ins Klosett werfen mußte, da es viel zu gefährlich gewesen wäre, sie aufzubewahren. Im übrigen hörte sie auf, sich für die Schule zu interessieren, lernte nur mehr so viel, um gerade durchzukommen, und saß offensichtlich gelangweilt in der Bank, eine blühende junge Frau, die nichts mehr mit ihren kindlicheren Kameradinnen gemeinsam hatte, die auch dem törichten Backfischalter ganz plötzlich entwachsen war.

Nach dem Geständnis ihrer Verlobung fiel sie Elisabeth

um den Hals und küßte sie, und Elisabeth gab diesen Kuß, der nicht ihr galt, gern zurück.

In der Folge entwickelte sich zwischen ihnen ein gutes Verhältnis, das zur Freundschaft hätte führen können, aber aus Mangel an geistiger Gemeinschaft nie wirklich dazu wurde.

Dabei machte Elisabeth nie den Versuch, die phlegmatische Käthe in jene Gegenden mitzunehmen, die ihr nun einmal verschlossen waren, sie hatte sie genau so gern, wie sie war: gesund, naiv, sittlich und mit einer guten Portion Hausverstand begabt. In ihrer Nähe gab sie sich selbst harmlos, heiter und den alltäglichen Dingen zugewandt. Sie war imstande, die ganze Käthe zu erfassen, wünschte aber nicht, von ihr verstanden zu werden. Und Käthe respektierte diese Grenze mit der ihr eigenen Selbstgenügsamkeit.

Viel unerfreulicher war die Änderung, die mit der kleinen Margot vorgegangen war. Sie, deren übermäßige Frömmigkeit Elisabeth schon immer geärgert hatte, ging jetzt ganz in mystischen Zuständen auf. Sie hatte offenbar ihre Leidenschaft von Elisabeth abgewandt und suchte ihre eigenen, ein wenig unheimlichen Wege.

Einmal erklärte sie der Freundin, man müsse das Fleisch abtöten, und deshalb habe sie in den Ferien im elterlichen Garten ihre Arme und Beine mit Brennesseln geschlagen.

»Aber das tut doch weh«, protestierte Elisabeth entsetzt. Eben, gab Margot zu, das sei ja gerade das Heilsame daran. Leider gebe es im Klostergarten keine Brennesseln, aber spitze Steine unter dem Leintuch erfüllten denselben Zweck.

Elisabeth begriff das nicht, aber die aufwärtsgedrehten gelbbraunen Augen erweckten ihr tiefstes Unbehagen. Nun legte Margot die durchsichtige Hand auf ihren Arm und lud sie flüsternd dazu ein, es doch auch einmal zu versuchen, es sei ein unbeschreibliches Glück damit verbunden. Man müsse sich nur fest auf die Steine legen, die Augen schließen, an Gott denken und... nun, sie werde ja selber sehen.

Elisabeth, wie immer gierig nach neuen Erfahrungen, willigte ein.

Am Nachmittag sah sie Margot mit gebauschter Schürze in den Schlafsaal schleichen, im Begriff, ihrer beider Lager für die große Glückseligkeit zuzurichten. Und sie konnte es fast nicht erwarten, das kennenzulernen, was Margot so die Augen verdrehen ließ und ihre Stimme zu einem inbrünstigen Flüstern senkte.

Die Steine waren wirklich mit Sorgfalt ausgesucht und äußerst kantig, richtiger Schotter. Elisabeth legte sich vorsichtig darauf, das war natürlich schon falsch, denn Margot hatte von Fest-darauf-legen geredet. Sie wartete, bis alles ruhig wurde, verrichtete ihr Abendgebet und streckte sich lang aus. Die Steine taten weh. Sie wartete lange Zeit, aber nichts geschah, die Steine taten noch immer weh. Es fiel ihr ein, daß sie an Gott denken mußte. Aber wie dachte man an Gott?

Es gab nur Bilder, die sie hervorholen konnte. Den großen, mächtigen Gottvater in blauem Mantel, mit weißem Bart, das Wachs-Jesuskind mit den schwarzen Locken und den nackten blutigen Christus. Gottvater, das wußte sie genau, mochte nicht, daß sie auf Steinen lag, ebensowenig wie ihr eigener Vater es gewünscht hätte; das Jesuskind verstand gar nichts davon, man konnte es nicht damit behelligen, und an den großen Christus zu denken konnte sie auf keinen Fall glücklich machen.

Gerne wäre sie auf Steinen gelegen, Nacht für Nacht, um ihn von seinen Leiden zu befreien, das war eine einfache Anstandspflicht, aber er war längst gekreuzigt und er hatte es selber so gewollt. Sie hatte kein Recht, sich in seine Angelegenheiten zu mischen, und es nützte ihm also gar nichts, daß sie Schmerzen litt.

Vielleicht, so überlegte sie, waren die Schmerzen nicht

stark genug. Sie drehte sich um und wartete; jetzt war es viel ärger, auf dem empfindlichen Fleisch von Brust und Bauch. Noch einmal versuchte sie zu beten, da schüttelte Gottvater sein strahlendes Haupt und lachte laut und tief. Und Elisabeth mußte mitlachen, sammelte die Steine in ihr Nachthemd und warf sie zum Fenster hinaus. Noch immer leise lachend, schlief sie auf der Stelle ein.

Am Morgen hatte Margot dunkle Ringe um die Augen und sah aus, als sollte sie auf der Stelle in Ohnmacht fallen. Elisabeth war so erbittert über diesen Anblick, daß sie gar nicht mit ihr reden mochte. Immer, wenn in Zukunft Margot das Gespräch auf ihre seltsamen Zustände brachte, wich Elisabeth aus oder erklärte ganz offen, daß sie nichts davon hören wolle. Beide waren sie ehrlich bekümmert darüber, daß ihre Gemeinschaft an diesem Punkt ein Ende fand.

Es fiel schon damals Elisabeth auf, daß die Nonnen Margots übertriebene Frömmigkeit nicht gern sahen und sie vergeblich, aber immer wieder vorsichtig davon abzulenken suchten. Sie behandelten das Mädchen übrigens wie eine Erwachsene, etwa so, als sei sie in Dinge eingeweiht, die die anderen Kinder nicht einmal ahnten.

Elisabeth, die sich die Liebe als etwas Heiteres, Süßes und Klares vorstellte, ahnte, daß Margot ganz andere Erfahrungen gemacht hatte, dunkle und leidvolle. Die Veränderung, die mit ihr vorgegangen war, zeigte sich auch an ihrem neuen Geruch, der fade war und ein wenig an ranziges Öl erinnerte. Elisabeths Geruchssinn war so stark entwickelt, daß sie beispielsweise an Käthe gute oder schlechte Laune riechen konnte. Diese übertrieben feine Nase brachte Aufregungen in ihr Leben, von denen niemand etwas ahnte. Manchmal war sie aber auch störend, jedenfalls hinderte sie Elisabeth daran, sich irgendwelchen geistlichen Übungen hinzugeben, denn sobald ein Duft in ihre Nase stieg, mußte sie aufhören zu denken und war ganz den Bildern ausgeliefert, die er hinter ihre Lider zauberte.

Manchmal, im Winter, wenn sie Schnupfen hatte, versagte ihr Geruchssinn, und sogleich war die Welt tot und leer, alle Farben verblaßten, und alles fühlte sich taub an. Deshalb haßte sie den Schnupfen als ihren persönlichen Feind.

Es war zum Verzagen, daß gerade Margot, die ihr näher stand als irgendein anderer Mensch, ihrer Nase zuwider war, während sie neben einem Mädchen, mit dem sie im Jahr nicht zehn Worte wechselte, plötzlich jene leichte Erregung überfiel, die ein angenehmer Duft in ihr auslösen konnte.

Käthe roch nach Veilchenseife und darunter nach jungen Kühen, eine Mischung, die Elisabeth immer in sanftes, träges Behagen versetzte. Sie war dann ehrlich überzeugt davon, alles bei Käthe zu finden, was sie brauchte, bis endlich das nagende Gefühl der Leere sie wieder zu Margot trieb, zu den vertrauten Spielen mit Worten und Bildern. Dann konnte sie ihre zeitweilige Abneigung nicht mehr begreifen und beobachtete die Freundin genau. Nichts an Margot war häßlich oder gewöhnlich, sie war ganz vollkommen, wie aus altem bräunlichem Holz gedrechselt. Aber sobald der geistige Rausch verflogen war, empfing sie wieder die lauter und lauter werdenden Warnsignale des Körpers und wandte sich, tief unglücklich über die eigene Treulosigkeit, von ihr ab.

Wieder spürte Betty den Druck in ihrer Seite, es war aber nicht der Druck des Polsters, und allmählich wurde ihr klar, daß Margot es war, die auf ihr Herz drückte. Das alte Schuldgefühl regte sich in ihr und zugleich der Impuls, zu fliehen vor den großen, gelbbraunen Augen unter der schwarzen Haarkrone.

Aber sie floh nicht, da sie diese üble Gewohnheit längst abgelegt hatte. Flucht bedeutete nur Verzögerung. Einmal kam der Tag, an dem man sich stellen mußte, und in der Sache Margot schien dieser Tag gekommen zu sein. Nichts hatte Elisabeth, damals am Morgen des 12. April 1927, erschreckt. Vor dem Toilettetisch sitzend, bürstete sie ihr kurzgeschnittenes Haar. Aus dem silbernen Grund des Spiegels sah ihr Gesicht, blaß vom Schlaf, die dunklen Brauen verwirrt wie die Fühler großer Nachtschmetterlinge und das schwarze Haar wirr um den Kopf gebauscht. Nichts bewegte sich in ihrem Herzen, als zur selben Stunde Margot in der fernen Stadt die Hände vom Brückengeländer löste und sich in den Strom fallen ließ.

Nichts, keine Wolke trübte den Silbergrund, kein Schauder berührte ihre nackte Schulter, kein Ruf erreichte ihr Ohr.

Und während das schmutzige Wasser in Margots Lunge eindrang und sie erstickte, spürte Elisabeth die Sonne im Nacken und lächelte ihrem Bild zu.

Nun konnte ja wohl niemand sagen, es sei ihre Schuld gewesen, daß Margot den Verstand verloren hatte. Aber es gab zwei verzweifelte Briefe in Elisabeths Schreibtischlade, die sie nie beantwortet hatte. Es war ja nicht anzunehmen, daß ihr Brief Margot abhalten hätte können, das zu tun, wozu sie, wie alle Selbstmörder, längst entschlossen war, aber ein Rest von Unklarheit blieb bestehen. Selbst wenn ihr Brief das Unglück nur um einen Monat verschoben hätte... jedenfalls wünschte sie später sehr, ihn geschrieben zu haben, als es nämlich zu spät war.

Der Druck auf Bettys Brust schwoll an, und sie legte sich auf den Rücken.

Manche Leute besitzen ein feines Ahnungsvermögen, Mütter spüren das Unheil, das dem fernen Kind droht, Frauen erraten die Todesstunde des Gatten, ja selbst Freunde sollen voneinander wissen. Nur sie, Elisabeth, hatte nie etwas gespürt. Solange ein Mensch in ihrer Nähe war, wußte sie aus sinnlichen Wahrnehmungen, wie es um ihn bestellt war. Sein Geruch, der Tonfall seiner Stimme, die Beschaffenheit seiner Haut, das waren Dinge, auf die sie sich verstand. Sobald er aber ihrer körperlichen Nähe entrückt war, wußte sie gar nichts mehr. Das Wesentliche an ihren Beziehungen zu anderen Menschen wurde durch die räumliche Entfernung zerstört. Diese Tatsache hatte sie zeitlebens betrübt und empört, denn sie stellte den Wert aller menschlichen Beziehungen in Frage. Dennoch war sie aber nicht imstande, sich jetzt einzureden, sie habe damals an jenem Aprilmorgen etwas anderes im Spiegel erblickt als ihr eigenes, verschlafenes Gesicht, und etwas anderes gespürt als das träge Pochen ihres Blutes im Hals.

Während der letzten zwei Jahre im Internat, als Margot immer verschlossener und merkwürdiger wurde, war es ihr immer wieder gelungen, sie für Stunden aus den dunklen und gefährlichen Bezirken zurückzuholen zu den altvertrauten Spielen. Mit gutmütiger Ironie brachte sie die andere noch manchmal dazu, ihre tragische Erstarrung abzuwerfen, zu lachen und sich ganz der funkelnden Heiterkeit hinzugeben. Dann löste sich Margots Verstand scharf und klar aus der unheilvollen Exaltation des Gefühls, bis der qualvolle Drang zurückkehrte und sie zwang, gegen sich selbst zu wüten. Längst war sie von den primitiven Methoden körperlicher Askese zu geistigen Peinigungen übergegangen, sie verbot sich das geliebte Klavierspiel oder verurteilte sich dazu, tagelang auf jeden geistlichen Trost zu verzichten und sich ganz der Leere und Taubheit ihrer armen Seele auszuliefern. Dann ging sie durch die hohen Kreuzgänge wie ein Süchtiger, dem man sein Gift entzogen hat.

Bei diesem Anblick überwältigte Elisabeth eines Tages der helle Zorn, sie konnte nicht an sich halten und schlug unter Tränen der Wut Margot rechts und links ins Gesicht. Aber noch im Schlag sank ihre Hand zurück, denn das gelbliche Oval begann sich zu beleben. Zartes Rot stieg in die mißhandelten Wangen, die Lippen fingen an zu blühen und öffneten sich feucht, die großen Augen glänzten trunken.

Das sehen zu müssen war eine der abscheulichsten Erfahrungen, die Elisabeth bis dahin gemacht hatte. Noch jetzt lief es Betty kalt über den Rücken, wenn sie daran dachte.

Nie wieder rührte sie Margot an und gab sie, in Wahrheit, damals auf.

Vielleicht, wäre ihre Liebe stark genug gewesen, hätte sie die Freundin immer wieder aus jenen gefährlichen Bezirken zurückholen können, aber sie war es nicht, sie schauderte zurück vor dem Kranken und Fremden in dem Geschöpf, das ihr so viel bedeutet hatte.

Nach Elisabeths Heirat schlief auch der spärliche Briefwechsel ein, denn die junge Frau, ganz benommen von ihrem Glück, wollte nicht erinnert sein an die andere, die im Dunkel stand.

Niemals hatte Betty sich Gedanken gemacht über Margots letztes Jahr. Jetzt sah sie deutlich die langen grauen Straßen der großen Stadt vor sich und Margot mit aufgeschlagenem Mantelkragen vor den beleuchteten Auslagen – eine Fremde, allein bis in die letzte Herzensfaser.

Margot in den dämmerigen Kirchen, die Augen heiß und trocken, vergeblich auf Antwort hoffend; Menschen um sie herum, die nichts von ihr wußten, die über ihr scheues Wesen lachten, die Blicke der Männer, abschätzend und gierig, und Margot in ihrem kleinen Zimmer, auf und nieder gehend, zehn Schritte hin, zehn Schritte her, geschüttelt von dem Verlangen, auf die Straße zu stürzen und laut zu schreien: »Redet mit mir, nehmt mich mit, redet...«

Und dann das langsame Ersticken an sich selbst, kein Mensch, der sie von sich erlösen will.

Und doch hatte es das einmal gegeben: die schmale Schulbank, das Kindergesicht, in dessen glänzenden, vom

Spiel geweiteten Pupillen sie sich spiegelte als eine lächelnde, glückliche Margot. Die kleinen Wellen von Freundschaft und Liebe, die an ihrem Herzen leckten – Elisabeth, der halbgeöffnete, lächelnde Mund, der zu sagen schien, vergiß das Dunkle, sei wie ich, du kannst es, siehst du, wie du lachen kannst.

Man kann Elisabeth Briefe schreiben, sie wird verstehen und antworten und wieder einmal wird sie das würgende, dunkle Band zerreißen, das Margot zu ersticken droht.

Aber es kommt keine Antwort, vielleicht gibt es gar keine Elisabeth.

Das lächelnde Kindergesicht versinkt, die drohenden Stimmen gewinnen immer mehr Gewalt. Watte in den Ohren nützt nichts. Um diese Stimmen auszulöschen, muß Margot sich selbst auslöschen.

Voll Abscheu dachte Betty an die junge Frau vor dem Spiegel, die, ein Bild der törichten Verliebtheit, ihr glänzendes Haar bürstete, satt, glücklich und hassenswert.

Es war häßlich, so auf dem Rücken zu liegen und in die Dunkelheit zu starren, mit der schweren Last der kleinen Margot auf der Brust.

Betty gehörte nicht zu den Leuten, die ihre Opfer im Keller verscharren, sie war daran gewöhnt, auf Schritt und Tritt Gespenstern zu begegnen; nur auf diese Art verloren sie mit der Zeit ihre Schrecken, und man konnte auf einigermaßen vertrautem Fuß mit ihnen leben. Wahrscheinlich gab es auch Häuser, in denen sie selber spukte, und Keller, in denen sie vermoderte, von Bergen alten Gerümpels bedeckt. Man durfte Margot nicht mit Gewalt vertreiben, auch wenn sie schwerer wog, als Betty sich vorgestellt hatte.

Ruhig wartete sie, bis der Schmerz in der Brust nachließ und das Gefühl des hilflosen Kummers verebbte.

Dann knipste sie das Licht an und sah auf die Uhr. Es war zehn nach eins, und sie mußte sich sagen, daß in dieser Nacht, wie in so vielen anderen Nächten, nicht an Schlaf zu denken war.

Die Nachtfalter krochen aus ihren Winkeln und den Falten des Vorhangs und stießen mit den dicken Leibern gegen den Lampenschirm.

5

Betty stand auf, goß Wasser in ein Glas und befeuchtete die Lippen. Im Spiegel über dem Waschtisch sah sie ihr Gesicht. Die Mattigkeit war daraus verschwunden, die Haut hatte sich geglättet und sah jung aus. Das golden gefärbte Haar paßte ihr nicht gut, es veränderte sie bis zur Unkenntlichkeit und ließ sie noch blasser erscheinen, als sie tatsächlich war. Man konnte nicht einfach ein Körpermerkmal ändern, ohne einen zwiespältigen Eindruck hervorzurufen.

Betty, die gezwungen war, mit vielen Leuten zu verkehren, fühlte sich nie behaglich zwischen Frauen, die ihr Haar färbten, die Linie ihrer Brauen zerstörten und den Körpergeruch barbarisch mit Parfüm überdeckten. Diese Abende und Nachmittage ließen in ihr eine Art Verstimmung zurück, ähnlich einem verdorbenen Magen. Ihre Sinne versagten dann völlig, wie die Nase eines Jagdhundes, dem man Salmiak zu riechen gibt.

Das war einer der Gründe, daß sie sich immer im Umgang mit Männern sicherer gefühlt hatte. Sie logen zwar auch, aber nur mit dem Mund. Ihre Körper verrieten sie, und Betty wunderte sich manchmal darüber, daß noch keiner auf den Gedanken gekommen war, ebenso wie die Frauen seine Spuren mit fremden Duftstoffen und Schminke zu verwischen. Es gab nichts Ehrlicheres als den Körper eines Mannes, wenn man sich auf diese Sprache verstand.

Betty spürte ihre Füße kalt werden und stieg ins Bett zurück. Unlustig griff sie nach der Schachtel und zog die nächste Karte heraus, verwundert über die chronologische Ordnung, in der Käthe ihr Leben festgehalten hatte. Zu Elisabeths Zeiten waren diese Bilder und Karten in buntem Durcheinander in irgendeiner Schublade gelegen, vergessen von ihrer Besitzerin. Daß Käthe sie so wohlgeordnet aufbewahrte, zwar im Fremdenzimmer, aber immer noch, nach zwanzig Jahren, war ein Zeichen dafür, daß es auch in ihrem Herzen noch einen Platz für die totgeglaubte Freundin gab, in einem ruhigen, von keinem anderen bewohnten Winkel.

Sie sah nieder auf die Gruppe halbwüchsiger Mädchen, die sich vor einem kleinen See malerisch auf die Wiese gelagert hatte. Die Berge im Hintergrund waren von Nebel verhangen und das Bild zuwenig belichtet. Maiausflug 1923 stand auf der Rückseite. Zwischen den Mädchen saß eine junge Frau und schürzte ein wenig verächtlich die Lippen. Noch jetzt, nach dreißig Jahren, spürte Betty einen Rest der alten Bitterkeit im Mund. »Elvira«, sagte sie leise und scheuchte die Motten von der Lampe, um das Bild ohne hin und her flatternde Schatten sehen zu können.

Frau Doktor Elvira K. verzog keine Miene und fuhr fort, verächtlich auf den unsichtbaren Photographen zu starren.

Es fing damit an, daß Elisabeth Elviras Gesicht entdeckte. Kein Erdbeben und kein Orkan hätten eine schlimmere Verwüstung anrichten können, als es Elviras Gesicht tat. Elisabeth kannte sie schon ein ganzes Jahr und hatte sie bis zu diesem Augenblick nicht gemocht. Ihr Vorgänger, ein ältlicher Professor vom öffentlichen Gymnasium, hatte sich nie darum gekümmert, wie er mit dem Stoff zu Ende kommen werde, er trug auf gut Glück vor, wenn er gerade in Begeisterung war, auch die Pause hindurch; wenn er nicht recht in Stimmung war, nach seinen Tarockabenden, gab er Schularbeiten, die er nicht einmal einsammeln ließ, und zu Schulschluß verteilte er großzügig mehr oder weniger gute Noten. Die Mädchen hatten ihn gern, teils weil sie während seiner Stunden ruhig dösen konnten, teils weil er seinen Vortrag mit unzähligen spannenden Pointen schmückte. Später merkte Elisabeth, daß sie alle jene interessanten Abschweifungen behalten, den eigentlichen Lehrstoff aber völlig vergessen hatte.

Elvira dagegen hatte System. Sie trug das nackte Skelett vor, legte Wert auf Jahreszahlen und wiederholte alles bis zum allgemeinen Überdruß. Wie ein Hammer klopfte ihre Stimme unentwegt auf die Köpfe der Mädchen nieder. Die Dummen und Faulen, aufgeschreckt aus ihrer trägen Ruhe, mußten mitarbeiten, ob sie wollten oder nicht; die Aufgeweckten hingegen sahen sich in einen Zustand quälender Langeweile versetzt, einer Langeweile, der sie sich nicht einmal hingeben durften, denn ununterbrochen hackte Elviras Stimme an ihren Ohren, scharf, rasch und jeden anderen Gedanken mitleidlos verscheuchend. Sie trug nicht nur mit dem Mund, sondern auch mit Händen und Füßen und mit jeder Bewegung ihres schlanken, kräftigen Körpers vor.

Elisabeth mochte das nicht, immerzu stand die agierende Lehrerin zwischen ihr und dem Stoff und ließ kein Bild lebendig werden. Sie sehnte sich zurück nach dem alten Professor, seiner verrauchten, heiseren Stimme und den runden, liebevollen Handbewegungen, mit denen er die Gestalten der Geschichte behutsam aus der Luft griff.

Bis zu jenem Tag, an dem sie Elviras Gesicht entdeckte. Es war in der Tat unglaublich schön, aber das konnte man nur sehen, wenn sie schwieg, was selten genug geschah. Dann schien sie plötzlich aus vergangenen Zeiten und Reichen aufgestiegen, mit der niedrigen Stirn, den großen schwarzen Augen und dem vollen Griechenmund. Von Zeit zu Zeit befeuchtete sie nachdenklich die Lippen mit der Zunge, was ihr einen bösen und zugleich unglücklichen Ausdruck verlieh. Das volle dunkle Haar trug sie zu einem tiefen Knoten gedreht, auch darin den Statuen im Geschichtsbuch gleichend. Aber dieses Gesicht stand nicht in Einklang mit ihrem Temperament, es gehörte nicht zu den abgehackten, übertrainierten Bewegungen und der harten, raschen, lieblosen Stimme. Ununterbrochen zerstörte sie selbst die Ruhe des steinernen Griechenkopfes. Im ganzen gesehen wirkte sie anziehend und abstoßend zugleich.

Elisabeth verfiel ihr mit einem Schlag und wußte nicht, was mit ihr geschah.

Der klugen Elvira entging es nicht. Die Entdeckung schien sie zu amüsieren und war offenbar eine kleine Anregung im langweiligen Schulbetrieb. Sie machte es sich zur Gewohnheit, Elisabeth zu fixieren, bis dem Kind das Blut in die Schläfen stieg. Länger und öfter als irgendeine andere wurde Elisabeth geprüft. Die Mädchen wurden aufmerksam und dachten, sie sei plötzlich in Ungnade gefallen. Aber Elisabeth nahm die Herausforderung an. Weil sie unter Elviras Blick nicht denken konnte, fing sie an, auswendig zu lernen, um bestehen zu können.

Es war ein stiller, verbissener Kampf angesichts der ganzen Klasse, der da ausgetragen wurde, und ein unfairer dazu, weil alle Machtmittel in Elviras Händen lagen. Aber es gab nahezu keine Frage, auf die Elisabeth nicht antworten konnte. Übrigens schien es ihr oft, als höre Elvira gar nicht auf diese Antworten, ja als wisse sie nicht mehr, was sie fragen sollte. Die Besessenheit in den Augen des Kindes hatte sie angesteckt. Eine Ewigkeit stand Elisabeth in der Bank, den Blick auf das schöne, böse Gesicht gerichtet; sie spürte das Blut in den Schläfen pochen, dann das langsame Erblassen und die kleinen, wilden Sprünge, die ihr Herz unter dem schwarzen Schulmantel tat.

So standen sie Aug in Aug, und keine wußte mehr, was sie sagte.

Bis Elvira sich besann und »Danke, setzen« sagte. Dann saß Elisabeth zitternd und schweißgebadet über ihrem Heft und sah die ganze Stunde nicht mehr auf. »Man müßte sie erschießen«, flüsterte Margot wild und griff nach der feuchten Hand der Freundin. Aber Elisabeth zog die Hand zurück und steckte sie in die Tasche, verzweifelt über die unbegreifliche Sklaverei, in die sie gefallen war. Leer und matt, fühlte sie nichts als das Verlangen, sich in eine dunkle Höhle zu verkriechen und allein zu sein.

Dieser seltsame Kampf zog sich über ein halbes Jahr lang hin. Elisabeth magerte ab und erwachte nachts mit wildschlagendem Herzen und in tödlicher Angst. Sie starrte während der Studierstunden gedankenlos in ihre Hefte und hielt sich in der Schule nur, weil ihr Ruf als der einer guten Schülerin gefestigt war und man ihrem Nachlassen gegenüber eine gewisse Nachsicht zeigte.

Betty legte den Zeigefinger auf das vertraute und fremde Gesicht, und jede Art von Liebe, die sie jemals gefühlt hatte, quoll in ihr auf: Sehnsucht, Zärtlichkeit, Staunen, Scham, Verzweiflung, das Verlangen, zu streicheln und zu töten und gestreichelt und getötet zu werden, alles wild vermischt, die ganze alte Qual um Verlorenes und nie Besessenes.

Sie sah Elisabeth auf der Wanderung im nebelverhangenen Gebirge an jenem feuchtkühlen Maitag und hörte das törichte Lachen der reinen Lebenslust rund um sich, während sie wie eine Schlafwandlerin am Ende der kleinen Gruppe ging. Wieder spürte sie das bröckelnde Gestein unter den Schuhen abrutschen, den Griff der harten Hände um die Schultern, lag einen Augenblick lang in Elviras Armen, Brust an Brust und Leib an Leib, ihren warmen, duftenden Atem auf der Stirn. Elvira lächelte mit dem vollen Griechenmund zu ihr nieder, und Elisabeth griff blindlings nach Halt und klammerte sich an ein junges Fichtenstämmchen.

Betty erinnerte sich nicht an das Ende dieser Szene, aber in der folgenden Zeit mußte in Elisabeth der Entschluß gereift sein, sich zu befreien.

Eines Tages, Anfang Juni, wurde sie wieder aufgerufen. Zum erstenmal wich sie dem Blick der Frau aus und sah aus dem Fenster. Dort draußen wühlte der Sommerwind im Maulbeerbaum. Hilf mir, dachte Elisabeth, hilf mir, und starrte in das Blättergewimmel. Plötzlich gab es Elvira nicht mehr; ihre Stimme wurde schwach und verstummte ganz. Elisabeth schwebte lächelnd aus dem Fenster, gerade in das Herz des zitternden Baumes. Sie fühlte sich leer und vollkommen glücklich, die große, grüne Dämmerung nahm sie auf.

Dann stand sie wieder in der Bank und wußte nicht, was geschehen war. »Ist Ihnen nicht gut?« fragte Elvira gespannt und erstaunt. Eine Spur Mitgefühl schwang in ihrer neugierigen Stimme mit.

Elisabeth setzte sich und stützte den Kopf in die Hände; eine schwache, aber ekelhafte Übelkeit breitete sich in ihr aus.

Von diesem Tag an entwickelte Elvira eine Art künstlicher Herzlichkeit, die dazu beitrug, in Elisabeth den letzten Rest von Liebe zu ersticken. Elisabeth errötete nicht mehr und gewann langsam ihr Selbstvertrauen zurück. Wie eine Rekonvaleszentin ging sie eine Zeitlang gereizt und zu traurigen Stimmungen geneigt umher, aber auch das hörte auf. Zurück blieb nur ein winziger ziehender Schmerz beim Anblick von Elviras Gesicht, und in den nächsten Jahren verlor sich auch er.

Das Wunder des Maulbeerbaumes wiederholte sich noch einigemal in unangenehmen Situationen. Elisabeth konnte es jetzt jederzeit selbst hervorrufen, aber im folgenden Jahr verzichtete sie freiwillig darauf, aus dieser Fähigkeit, die ihr nicht ganz geheuer schien, Nutzen zu ziehen.

Es war auch nicht mehr notwendig; seit der sechsten Klasse stand sie in recht guten Beziehungen zu ihren Vorgesetzten. Die Nonnen erwiesen ihr allgemeines Vertrauen, mehr als ihr lieb war, denn sie dachte nicht daran, es mit demselben Vertrauen zu entgelten. Als Kind hätte sie geschrien: »Laßt mich in Ruh, ich will nichts von euch und geb' euch auch nichts.« Aber nun, da sie einmal beschlossen hatte, ihr äußeres Ansehen und ihre Ungestörtheit um den Preis der Lüge zu erkaufen, zeigte sie sich derartigen Vertrauensbeweisen gegenüber zwar zurückhaltend, aber nicht abweisend.

Sie ahnte schon damals, daß es das raffinierteste Mittel ist, die Anständigkeit eines Menschen auf diese Weise herauszufordern. Die seelische Vergewaltigung, die darin lag, machte sie ganz kalt und reuelos, wenn sie log. Es handelte sich übrigens nur um Kleinigkeiten, die sie auf diese Weise erkaufte, Zugeständnisse, die man ihr ohne weiteres hätte machen können, aber nicht machte, weil sie gegen die allgemeine Ordnung verstießen.

Elisabeth sagte sich, daß sie ja nicht die Schwestern belüge, sondern die Regeln und Gesetze, die dahinter standen. Und Regeln und Gesetze waren etwas, was es eigentlich gar nicht gab, man konnte sie nicht anfassen, nicht sehen und nicht riechen, und es tat dem Gesetz nicht weh, wenn es übertreten wurde.

In der vereinfachten Philosophie, die sich Elisabeth zurechtgelegt hatte, war es so, daß man alles tun durfte, was keinem anderen Lebewesen schadete, und wem schadete es, wenn sie unter der Bettdecke mit der Taschenlampe las oder sich, des Gemeinschaftslebens überdrüssig, in ein leerstehendes Zimmer zurückzog und auf die Straße hintersah.

Manchmal freilich sagte ihr ein Gefühl, daß diese Klugheit nicht das war, was sie sich immer gewünscht hatte. Dann leistete sie sich von Zeit zu Zeit einen Anfall von Ehrlichkeit und gab sich ganz dem Genuß hin, die Wahrheit zu sagen und nichts als sie.

Für diese Anwandlungen mußte sie regelmäßig teuer bezahlen und beschloß jedesmal erbittert, nie mehr der Verlockung nachzugeben und sich nicht zum Narren zu machen. Sie konnte natürlich nicht wissen, wie sehr sie sich selbst mit ihren Lügen schadete, indem sie heimlich aber unentwegt das Bild, das sie von sich im Herzen trug, zerstörte. Man durfte dem Bild nicht anmerken, daß es nicht mehr in Ordnung war, und man mußte immer noch ein wenig Glanz darauf legen. Je mehr sie selbst an Substanz verlor, desto strahlender, dichter und übermächtiger mußte ihr Bild werden.

Dieses Bild log niemals, es war von übermenschlicher Tapferkeit, erlitt niemals Erniedrigungen und mußte nie peinlich beschämt die Augen senken. Es wurde allgemein geliebt, legte aber gar keinen Wert darauf, sondern ging hin und bot dem letzten der Menschen, einem rechten Scheusal, seine Liebe an, worauf sich das Scheusal in einen edlen Ritter verwandelte und Elisabeth in tödlicher Verlegenheit zurückließ. Es gab nun nichts mehr zu tun, der edle Ritter war vollkommen und damit uninteressant.

Dann ging sie tagelang mißmutig herum, bis endlich der neue Traumkern auftauchte und sie in einen schlafwandlerischen Zustand versetzte.

Unglücklicherweise wurden damals in der Schule gerade der ›Prinz von Homburg‹ und das ›Käthchen von Heilbronn‹ gelesen. Eine Seite in Elisabeths Wesen, die sie bis dahin als etwas Verächtliches bekämpft hatte, wurde unheilvoll geweckt und sozusagen von Amts wegen gefördert. Es dauerte Jahre, ehe sie sich ganz von der Verzauberung lösen konnte, in die der kranke Dichter sie verstrickt hatte.

Je mehr sie sich diesen Träumen hingab, desto alltäglicher wurde sie selbst, bis sie nur noch als dünne Hülle über einer Welt angelesener Gedanken und Bilder umherging. Manchmal erwachte sie und war erstaunt, einfach erstaunt; das also war das wirkliche Leben, kalt, ohne Farbe und ohne Duft, und mit einem Sprung tauchte sie wieder unter in ihrer Traumwelt. Sie konnte lieben und hassen wie Käthchen oder Penthesilea, aber nicht mehr wie Elisabeth. Die Leiden einer Traumfigur vermochten sie zu Tränen zu rühren, aber den Kummer einer Mitschülerin übersah sie, denn dieser Kummer war nicht schön.

Freilich gab es Zeiten, in denen sie klar zu denken vermochte; dann erschienen ihre Träume ihr plötzlich als ein häßliches Laster, fast so häßlich wie Margots finstere Verirrung in die Askese. Dann schämte sie sich verzweifelt und schloß sich eng an Käthe an, die von allen diesen Krankheiten verschont blieb und nichts war als ein junger, gesunder Körper. Ihre Einfachheit wirkte wie Balsam auf Elisabeths beschädigtes Gemüt.

In diesen lichten Momenten, die es immer wieder gab, sah sie sich selber im harten kalten Tageslicht, lieblos und ohne Gnade, als eine dünne Siebzehnjährige mit schlechter Haltung, verkrampften Händen und einem unangenehm weichlichen Zug um den Mund.

An diese letzten zwei Jahre im Kloster war Bettys Erinnerung ein wenig verblaßt, alles war verschwommen und unpersönlicher als früher. Scharf traten nur die Momente der ätzenden Unzufriedenheit zwischen den langen Traumperioden hervor, die ersten Anfälle von Todesangst, in denen sie in Schweiß gebadet lag und das Herz gegen die Rippen hämmern spürte, während sie halb bewußtlos sinnlose Worte flüsterte.

Es war nicht die Furcht vor den Höllenstrafen, die man ihr so viele Jahre angedroht hatte, sondern das panische Entsetzen des Körpers und der Seele bei der Vorstellung, einmal aufhören zu müssen. Elisabeth sah sich dann in der Erde liegen, als ein Ding, das zu Unrat zerfloß und das man nicht ohne Abscheu hätte anfassen können, und sie glaubte jenen grauenhaften Geruch zu spüren, den nicht einmal ihre eigene Mutter ertragen würde. Gott selbst mußte zurückschaudern vor dem, was von seinen Geschöpfen übrigblieb.

Klar und deutlich wußte sie in diesen Minuten, daß dies die einzige Wahrheit war und alles andere nur Lüge und Flucht. Sie versuchte zu beten, aber ohne Kraft und Glauben. Es gab keine Liebe, die größer war als der Tod, sie spürte es mit jedem Glied ihres zitternden Körpers.

Wenn der Anfall vorüber war, versuchte sie einen einzigen festen Gedanken zu fassen, etwas, das ihr als Schutz und Bollwerk gegen die lähmende Angst bliebe. Und sie kam zu dem Entschluß, nicht vor der Wahrheit die Augen zu schließen, aber Gott zu beschämen und so zu leben, als gäbe es nicht den häßlichen, klebrigen Tod, die abscheuliche Auflösung.

In Zukunft ertrug sie die nächtlichen Anfälle mit einiger Fassung und wartete still darauf, daß sie vorübergingen. Viel häufiger quälte sie jetzt die Furcht, sie könne sterben, ohne jenes Einmalige getan zu haben, wozu sie sich berufen fühlte. Sie hatte keine Ahnung, was es sein könnte, aber diese Tatsache schob sie auf den bedauerlichen Umstand, daß sie noch ein Schulmädchen war und warten mußte. Im Grund war es sogar eine gewisse Erleichterung, die große Tat in weiter Ferne zu wissen, denn das alltägliche Leben mußte dann natürlich mit einem Schlag aufhören. Sie wußte zwar, wie sich, in großen Zügen, ein Held zu benehmen hatte, aber sie hatte keine Ahnung, wie er frühstückte, sich die Zähne plombieren ließ oder die Toilette aufsuchte. Und es war leider vorauszusehen, daß man diese Dinge nicht mit Schweigen werde übergehen können.

Der Gedanke an die Tat, die getan werden mußte, machte sie immer sehr schläfrig, eigentlich konnte sie nie länger als zehn Minuten daran denken, ohne fest einzuschlafen.

Plötzlich sah Betty ihr Leben mit den Augen der jungen Elisabeth und erschrak. Wo war die große Tat geblieben, die dieses Leben rechtfertigen sollte? Ihre ganze Leistung bestand darin, an dem schmalen, geraden Weg weitergebaut zu haben, den sie als Zehnjährige begonnen hatte, an dem Weg durch den Urwald. Sie war weder den Fuchsfallen noch den Schlaglöchern entgangen. Die unheimlichen Gestalten hinter den Büschen hatten sie überfallen, geschlagen und ausgeplündert, aber noch auf allen vieren kroch sie weiter, ein weißes Steinchen neben das andere schiebend. Und sie wußte, sie mußte sterben, ohne in das Herz des Urwalds eingedrungen zu sein, und die Wildnis würde sich hinter ihren Knochen auf der weißen Straße schließen, als wäre sie nie gewesen.

Aber dieser Gedanke tat nicht mehr weh.

Man mußte das Ganze auch mit den Augen des Urwalds sehen können, mit den alten, wissenden und mitleidlosen Augen. Sie war ein Eindringling, der darauf verzichtet hatte, die geduldeten Schleichwege zu gehen, sie war ein Narr, und es geschah ihr recht.

Aber sie bereute nichts, das Leben war schön, grauenhaft, sanft und ohne Gnade und immer stärker als ihr Herz, das sich dagegen stemmte. Man konnte nicht einmal von einem Pyrrhussieg sprechen, es war eine glatte Niederlage, die sie erleiden mußte. Und das war es im Grund, was sie wollte: nach unmenschlichem Wehren überwunden werden und sich bedingungslos ergeben dürfen.

Niemals, das war ihr plötzlich klar, hatte sie ernstlich gewünscht, ein Sieger zu sein, denn sie hatte immer die tödliche Leere geahnt, die den Sieger erwartet. Auch ein nützliches Geschöpf war sie nie gewesen, das Leben hatte sie so beansprucht, daß sie gar nie dazu gekommen war, nützlich zu sein. Wenn etwas Gutes durch sie geschehen war, so war es ein Zufall und hätte genausogut sich zum Bösen wenden können. Es war nie vorauszusagen, was sich aus den Handlungen eines Menschen ergeben mochte, und nichts richtete mehr Schaden an als gutgemeinte Emsigkeit und Betriebsamkeit, und selbst ein Einsiedler in seiner Höhle konnte Verwirrung in den Herzen anderer anrichten, ohne einen Fuß aus seiner Klause zu setzen oder auch nur den Mund aufzutun, einzig und allein durch sein Dasein.

Betty ertappte sich dabei, daß sie schon eine Zeitlang

auf die Photographie eines glattgescheitelten jungen Mannes starrte. Dann lachte sie leise auf. Das also war Günther, ihr gebildeter Vetter und Fremdenführer; wieso er eigentlich mit ihr verwandt war, hatte sie nie richtig herausgefunden. Sie erinnerte sich undeutlich an das »wirkliche Leben«, das sie bei seinen Eltern in der Hauptstadt kennenlernen sollte, als kleine Entschädigung für die langen Klosterjahre.

Aber dieses »wirkliche Leben« machte keinen Eindruck auf Elisabeth. Sie war unglücklich und fühlte sich verlassen nach dem lästigen, aber vertrauten Zwang. Es gab plötzlich nichts mehr, wogegen sie sich mit Gewalt oder List zur Wehr setzen mußte. Man war bereit, alle ihre Launen geduldig und liebevoll hinzunehmen, aber da sie nicht launenhaft war, überfiel sie quälende Langeweile und ein unbegreifliches Heimweh nach der Schule.

Wie eine Schlafwandlerin ging sie in der großen Wohnung der Tante umher und verbrachte den Tag damit, auf den Abend zu warten, da sie sich in die Einsamkeit ihres Zimmers verkroch und in ihre alte Traumwelt unterzutauchen versuchte. Aber es gelang ihr nicht mehr, etwas war zu Ende gegangen, und sie wußte nicht, was nun geschehen sollte.

Und da war Günther, der zehn Jahre älter war als sie und der so gern und gut über alles mögliche reden konnte, der sie in die Theater, Konzerte und Ausstellungen mitnahm und dessen Hirn mit Zahlen und Namen angestopft schien. Bis er sie eines Tages, vor einem präparierten Reiher, fragte, ob sie ihn gern habe. Elisabeth, peinlich berührt von dieser Frage, sagte ja, um ihn nicht zu verletzen, und war von dieser Stunde an verlobt.

Die Tante weinte gerührt, und alle küßten sie leidenschaftlich auf die Wangen. Später sah sie sich im Vorzimmerspiegel an, wischte sich das Gesicht ab und fand, es sei leicht, eine ganze Familie glücklich zu machen.

Dann gab es wieder nichts als schattenhafte Erinnerungen an Straßenzüge, Museen, Konditoreien und Besuche bei fremden, langweiligen Leuten, die sie zu küssen pflegten. Aber deutlich waren noch die quälende Langeweile und Ungeduld, in die sie Günthers Zärtlichkeiten versetzten. Sie war immerfort bedacht, ihn in ein Gespräch zu verwickeln, um ihn seine liebevollen Gelüste vergessen zu lassen.

Allmählich fing sie an, über ihre Lage nachzudenken und die Männer auf den Straßen und in den Konzerten zu beobachten. Sie schienen ihr alle gleich lächerlich und unbedeutend; sie konnte auch nicht recht begreifen, wieso es so viel hübsche Frauen und so viel häßliche Männer gab. Ihre Tante gab dies zu und behauptete, es komme daher, daß die Männer so intensiv mit Geldverdienen beschäftigt seien. Auch sie sah mit ihren fünfzig Jahren noch angenehm und rosig aus neben dem zerknitterten grauen Onkel. Auf Elisabeths Frage, warum der Milchmann, der Elektriker und sogar der Briefträger so stattliche Männer seien, braungebrannt und lustig, antwortete die Tante, das komme daher, daß sie ihr Geld nicht mit dem Kopf, sondern mit den Händen verdienten. Seither behielt Elisabeth eine gewisse Abneigung gegen alle Berufe, die sich so ungünstig auf die körperliche Verfassung ihrer Träger auswirkten.

Sie fürchtete, Günther werde in wenigen Jahren seinem Vater ähnlich sein, hoffte aber, daß sie sich bis dahin an ihn gewöhnt haben werde.

Es hatte keinen Sinn, auf ein Wunder zu warten, Egmont und den Grafen Wetter vom Strahl gab es offenbar nicht, und ihr Vater würde ihr doch niemals erlauben, einen Milchmann oder Straßenkehrer zu heiraten.

Um wenigstens Günthers ermüdenden Zärtlichkeiten zu entgehen, beschloß sie, nach Hause zu fahren, um dort endlich die Vorzüge der Brautzeit genießen zu können: lange, anregende Briefe und das Bewußtsein, geliebt und wichtig zu sein.

Zum Abschied küßte Günther sie auf den Mund, und sie schloß fest die Lippen und hielt den Atem an.

Daheim in ihrem Kinderzimmer, unter den vertrauten Dingen, kam sie plötzlich zu sich. Sie setzte sich hin und schrieb einen rücksichtsvollen, aber unerbittlichen Abschiedsbrief und wusch sich den Mund mit Seife, um die letzten Spuren des »wirklichen Lebens« zu beseitigen.

Betty sah auf das Blatt nieder, ihretwegen hatte dieser durchschnittliche junge Mann gelitten, vielleicht ebensosehr, wie sie später um einen anderen Mann leiden sollte. Woher kam die unbegreifliche Abhängigkeit der Seele vom Körper? Unbekümmert um die Folgen trieben die Körper ihr rätselhaftes Spiel der Anziehung und Abstoßung, blind und gleichgültig für alles, was daraus entstehen mochte.

Und sie war niemals imstande gewesen, gegen ihren Körper zu leben; sooft sie es versucht hatte, war Unheil daraus entstanden. Sie dachte schaudernd an das Elend tausender gegen ihren Willen verheirateter Frauen der vergangenen Jahrhunderte.

Wir wären alle schöner und besser, dachte sie, wenn wir nicht aus der Lüge unserer Vorfahren kämen. Und gab es nicht mehr als genug Leute, die auf den ersten Blick den Gedanken wachriefen, ihre Eltern müßten einander verabscheut haben und sie seien in einem Leib gewachsen, der sich verzweifelt gegen sie gewehrt hatte? Sie sah deutlich den mörderischen Kampf der kleinen Embryoschmarotzer gegen den feindlichen Mutterleib, der sich damit quälte, sie auszustoßen aus der weichen, dunklen Wärme.

6

Betty fröstelte und versuchte das Bild zu verscheuchen, die Karte mit Günthers Kopf war längst in die Schachtel zurückgefallen.

Sie dachte an den Herbst des Jahres 1927. Elisabeths Tage verliefen jetzt ruhig und gleichmäßig. Die Mutter verwöhnte sie, der Vater war froh, endlich die Tochter wieder im Haus zu haben, und niemand schien im Ernst daran zu denken, auf ihre Zukunftspläne einzugehen. Es war, als wollten ihre Eltern sich jetzt schadlos halten für die langen Jahre, die sie auf ihr einziges Kind verzichtet hatten, sie behandelten Elisabeth wie eine Zehnjährige, als die sie vor neun Jahren von ihnen gegangen war.

Ein Tag verlief wie der andere, Schlaf bis in den späten Morgen, ein reichliches Frühstück ohne rechten Appetit, ein vertändelter Vormittag, Mittagessen, ein Gang mit der Mutter ins Städtchen, ein wenig Musik, Kaffeebesuch und das zeitige Zubettgehen mit einem Buch aus Vaters Bücherkasten.

Manchmal versuchte sie wenigstens im Haushalt etwas zu helfen, aber das verwehrten ihr die Mutter und das Mädchen liebevoll, aber unerbittlich. Man ließ durchblicken, daß sie ohnedies nichts davon verstehe und daß es keine Arbeit für ein »Kind« sei. Sie möge sich nur erst einmal erholen, dann werde man weitersehen.

Elisabeth stellte sich vor den Spiegel und fand, daß sie tatsächlich bleich und matt aussehe. Sie fing an, sich müde zu fühlen, war immerzu schläfrig, je mehr sie aber schlief, desto matter und teilnahmsloser wurde sie.

Ihre alten Träume hatte sie aufgegeben, sie waren ihr zuwider geworden. Immer schob sich Günthers Gesicht dazwischen als die Wirklichkeit, von der sie erst recht nichts wissen wollte.

Sie ahnte, daß irgend etwas mit ihr nicht in Ordnung war und daß sie auf keinen Fall so weiterleben konnte. Sobald sie aber irgendeinen Entschluß gefaßt hatte, rief ihre Mutter sie zum Kaffee oder ihr Vater forderte sie zu einer Partie Schach auf. Das erste Feuer brannte im Ofen, es war warm und einschläfernd, und Elisabeth fühlte sich benebelt vor Gemütlichkeit. Sie flüchtete immer tiefer in den Schlaf und allmählich wurde sie krank davon.

Es fing damit an, daß sie am Morgen erwachte und kein Glied regen konnte. Von Angst befallen, verbrachte sie Minuten, die ihr wie Stunden schienen, mit dem Versuch, ein Lid zu heben oder einen Finger zu rühren. Von nebenan vernahm sie die Stimmen ihrer Eltern, schlief mitten in ihren Bemühungen wieder ein und erwachte unter demselben Alpdruck. So lag sie manchmal bis in den Vormittag hinein, von Angstträumen gequält und nicht fähig, sich zu rühren. Ihre Mutter sagte, das komme von der Blutarmut und sie möge sich nur ausschlafen, dann werde es besser werden. Es wurde aber immer schlimmer.

Am Abend konnte sie jetzt lange Zeit nicht einschlafen, ihr Körper veränderte sich auf unheimliche Weise und fing an, sich aufzulösen, und alle Glieder verloren ihren Zusammenhang. Plötzlich wuchs eine Hand zur Pranke an, der linke Fuß schrumpfte zu einem winzigen Säuglingsfüßchen, und sie fürchtete sich entsetzlich.

Sie wußte natürlich genau, wie ihr Körper beschaffen war, aber das war ihr kein Trost, wenn sie ihn so verändert und fremd spürte wie ein Ding, das gar nicht zu ihr gehörte, ein Stück Fleisch, das nach allen Richtungen zu wuchern begann und sich selbständig machte von ihr. Es graute ihr so davor, daß sie verzweifelt weinte, aber selbst diese Tränen, so schien es ihr, waren nicht ihre Tränen, sondern die eines ganz anderen Wesens.

Nur durch eine Wand von ihren Eltern getrennt, lag sie so, allen Greueln ausgesetzt. Die beiden Menschen, die nichts wollten als ihr Glück, waren damit beschäftigt, im

Bett Kreuzworträtsel aufzulösen, und ahnten nichts von ihrer Bedrängnis.

Betty dachte an die Einsamkeit. Der alte Mensch ist einsam, weil er sich der Jugend nicht mitteilen kann, die ihm nicht glaubt, weil ihr seine Erfahrungen fehlen. Und es mag bitter sein zuzusehen, wie der Sohn denselben verhängnisvollen Weg geht, den schon der Vater gegangen ist. Wie ein Sehender unter Blinden oder ein Weiser unter Narren geht der alte Mann durch seine letzten Jahre. Aber die Einsamkeit der Jugend ist viel tiefer und wirklich tragisch, weil die Jugend glaubt, sie allein erlebe diese Verwirrungen, dieses Unglück und die Ausweglosigkeit des Lebens. Ihre Abgeschlossenheit ist die des Gefangenen, der in seiner Zelle sitzt und nicht ahnt, daß er von Mitgefangenen umgeben ist, mit denen er sich durch Klopfzeichen verständigen könnte.

So lag auch Elisabeth in ihrem Bett und fürchtete sich still und verzweifelt vor dem Unbegreiflichen, das mit ihr geschah. Sie war überzeugt davon, daß sie im Begriff war, den Verstand zu verlieren, wenn nicht bald ein Wunder geschehe. Aber sie wußte auch, daß kein Wunder geschehen werde und daß es ganz allein an ihr lag, den unerträglichen Zustand mit Gewalt abzubrechen.

Am nächsten Tag aber, unter den vertrauten Gesichtern, schienen ihr die nächtlichen Erlebnisse unglaublich und übertrieben. Sie spürte rund um sich das warme Saugen der Geborgenheit. Am Tisch sitzend und den Kopf auf die Arme gelegt, glaubte sie eine zähe Flüssigkeit an ihren Füßen lecken zu fühlen, geduldig, aber unaufhaltsam, und es war ihr, sie müsse sich nur ruhig fallen lassen, um ganz in die Geborgenheit, Wärme und Stille einzugehen. Es war unbeschreiblich abscheulich und verlockend.

Eines Nachmittags, als sie vor dem Nähtischchen saß und an einem überflüssigen Sofakissen stickte, sah sie, auftauchend aus der trägen Langeweile, aus dem Fenster. Der erste Schnee war gefallen und lag als durchsichtige

Decke über dem gelben Rasen des Vorgartens. Er schien eine angenehme Kühle auszuströmen. Im trüben Novemberlicht wirkte die vertraute Landschaft mit dem Gartenzaun, der Straße, den kahlen Obstbäumen und ein paar Telegraphenstangen ganz fremdartig.

Es war Elisabeth, daß sie nur hinausgehen müsse in den frostig-kalten Nachmittag, über den zaghaften Schnee der Gartenwege, um wieder die zu sein, die sie einmal gewesen war.

Sehnsucht nach Härte, Kühle und Arbeit überfiel sie, nach einem Widerstand, der zu brechen wäre. Sie schluckte ein paarmal vor Erregung, steckte die Nadel in das Kissen und trat ans Fenster.

Die Scheibe lag kalt auf ihren Lippen, und plötzlich hörte sie in der Stille ihr Herz klopfen, laut, stark und glücklich.

Am Abend bat sie ihren Vater, sie wenigstens eine Handelsschule in der Stadt besuchen zu lassen, sie könne sich dann eine Stelle suchen und zu Hause wohnen. Wie immer, wenn sie sich etwas in den Kopf gesetzt hatte, erreichte sie ihren Willen.

Alles Kaufmännische interessierte Elisabeth gar nicht, da sie es aber beschlossen hatte, lernte sie ziemlich rasch das Verlangte und befaßte sich in der Freizeit damit, eine Leihbibliothek leerzulesen, weite Spaziergänge zu unternehmen, Theater und Konzerte zu besuchen und frei zu sein. Sie suchte keine Freundin mehr, in dem dunklen Gefühl, daß die Zeit der Freundschaften vorüber sei. Den Männern, die ihr heftig nachstellten, ging sie aus dem Weg, ein wenig ungehalten und gelangweilt von Liebeserklärungen, die ihr nur lästig waren. Ihr Körper erholte sich bald von der rätselhaften Lähmung, die ihn befallen hatte, sie stand wieder früh auf, ging allein spazieren und konnte tief und fest schlafen.

Im Grund war dieses Jahr wohl der Versuch, in die Schulzeit zurückzuschlüpfen und das verderbliche Zwischenspiel zu vergessen. Aber das alte Gefühl, sich in einer bekannten Gegend zu bewegen, stellte sich nicht mehr ein. Es blieb alles ein wenig unverbindlich, die Trauer sanft und die Freude gedämpft und unpersönlich.

Die nächsten Bilder zeigten Gruppenaufnahmen von jungen Leuten, an die sie sich nicht erinnern konnte, und doch hatte sie mit ihnen getanzt, gelacht und sich unterhalten.

Das war zur Zeit ihrer Bürotätigkeit. Elisabeth fing an, in ihrer Freizeit mit Leidenschaft den Garten zu bearbeiten, dürre Stauden zu zerhacken und in der feuchten Erde zu wühlen, ganz besessen von dem Verlangen, etwas Wirkliches zu tun. Noch immer war sie aus Küche und Haushalt verbannt unter dem Vorwand, die Büroarbeit strenge sie zu sehr an. Übrigens zeigte Elisabeth wenig Neigung dazu, sie arbeitete viel lieber an der frischen Luft und lernte alles, was ihr Vater selbst vom Garten verstand, außerdem Obstbäume beschneiden, Leimringe anlegen und Wühlmäuse fangen.

Einmal äußerte sie den schüchternen Wunsch, eine Gartenbauschule besuchen zu dürfen, aber ihr Vater, so nachgiebig er sonst gegen sie war, sagte nur »unmöglich«. Elisabeth begriff. Der Gedanke, seine Tochter, der er eine gute Erziehung hatte angedeihen lassen, solle zeitlebens in der Erde wühlen, schmutzige Nägel haben und mit Holzschuhen und blauen Schürzen angetan umhergehen, schien ihm einfach absurd. Sie versuchte dann nie wieder, ihn dazu zu bewegen, gerade weil sie wußte, daß es ihr wahrscheinlich gelungen wäre, ihm die Erlaubnis abzuschmeicheln.

So verging das Jahr nicht sehr befriedigend, aber auch nicht allzu bedrückend, und als an einem regnerischen Juninachmittag ihr Chef, Anton Pfluger, ihr einen Heiratsantrag machte, sagte sie ja.

Betty überlegte, das Verlobungsbild in der Hand, warum sie ja gesagt hatte, und fand nichts als den leichtfertigen und unzureichenden Grund, daß Anton Pfluger auf der Oberlippe ein linsengroßes braunes Mal besaß, auf das sie, beim Diktat, wie hypnotisiert zu starren pflegte. Außerdem wußte sie noch, daß er haselnußbraune Augen und einen Wirbel am Haaransatz hatte und daß sie sehnsüchtig wünschte, ihr Gesicht in seine Hand zu legen. Zudem roch er für ihre Nase besser als irgendein anderer Mensch, den sie kannte. Damit schienen Elisabeth die Voraussetzungen zu einer glücklichen Ehe gegeben zu sein. Und unbegreiflicherweise wurde es wirklich eine gute Ehe, bis zu dem Tag, an dem Elisabeth aus Antons Leben verschwand.

Daß der junge Pfluger, dessen Eltern nicht mehr am Leben waren, außerdem eine sogenannte gute Partie war, interessierte sie nicht weiter, es erwies sich aber als sehr angenehm.

Auf dem Verlobungsbild sahen sie beide ein wenig beklommen aus, so als wüßten sie nicht recht, was sie mit ihren Händen anfangen sollten. Elisabeth trug ein Kleid, das den Eindruck erweckte, sie sei flach wie eine Zehnjährige, was sie, soweit sich Betty erinnern konnte, nicht gewesen war; es war altrosa mit silbernen Streifen, und der Gürtel verlief in einer Gegend, in der er nichts verloren hatte. Betty fuhr mit der Hand über Antons Gesicht, das Papier fühlte sich glatt und kühl an.

Schade, dachte sie, schade. Nun, er hatte ja die Frau gefunden, die viel besser zu ihm paßte als sie. Vielleicht hatte er aber manchmal, aus dem Schlaf aufschreckend, einen Herzschlag lang geglaubt, die Verlorene neben sich zu spüren. Aber es war immer nur Käthe, die da ruhig atmend lag, und in seine Enttäuschung mochte sich Beruhigung gemischt haben.

Betty ertappte sich dabei, daß dieser Gedanke schmerzte, und begriff sich selbst nicht. Man konnte nicht gleichzeitig eine Sache behalten und aufgeben. Der alte Zwiespalt ihres Lebens machte ihr zu schaffen. Sie hatte einmal Freiheit, Kälte und Selbständigkeit gewählt und sich zeitlebens nach Zärtlichkeit, Wärme und Geborgenheit verzweifelt gesehnt. Nur das Wissen um ihre Veranlagung hatte sie davon abgehalten, diesem Verlangen nachzugeben.

So rief Betty sich mit einiger Strenge zurecht und legte ihr Verlobungsbild aus der Hand. Aber der nagende Kummer um das Gesicht, das es nicht mehr gab, ließ nicht nach. Armer Toni, dachte sie und sah ihn plötzlich so, wie sie ihn nie gekannt hatte, als alternden Mann. Seine Tage waren erfüllt mit Rechnen, Kalkulieren, Statistiken, Steuersorgen; dazwischen die paar Stunden mit Käthe und den Kindern, und in den Nächten der kurze Schlaf, die jähen Schmerzen in der Brust, über die man nicht redet, und manchmal das dumpfe Gefühl, etwas Wichtiges vergessen oder verloren zu haben. Armer Toni, dachte sie und erinnerte sich plötzlich, schon sehr bald nach ihrer Hochzeit so gedacht zu haben. Nie war sie der Ursache dieses vagen Mitleids auf die Spur gekommen, aber immer wieder war es dagewesen beim Anblick seines hübschen, ehrlichen Gesichts, und gleichzeitig jener winzige Neid, der Wunsch, auch »arm«, einfach und ehrlich zu sein.

7

Es gab nicht ein Bild aus den Jahren 31–32, und Betty war froh darüber. Sie stellte die Schachtel auf das Nachtkästchen, knipste das Licht aus und beschloß, endgültig einzuschlafen. Aber die angenehme Schläfrigkeit wollte sich nicht einstellen. Seufzend drehte sie sich herum und blieb auf dem Rücken liegen. Und aus der rötlichen Finsternis löste sich sein Gesicht und kam auf sie zu.

Diese Vision dauerte nur wenige Augenblicke und wurde nicht deutlich. Hätte sie jemand gefragt, wie Lenart ausgesehen habe, wäre es ihr schwergefallen, darauf zu antworten. Sie wußte nicht mehr, ob seine Haare braun oder schwarz, seine Augen dunkelgrau oder schwärzlich gewesen waren, nur an seinen Mund erinnerte sie sich deutlich, an seinen großen Mund, der traurig und unliebenswürdig aussah.

Betty hob die Hand und zeichnete diesen Mund in die Nacht.

Sogar seinen Vornamen hatte sie vergessen, sie quälte sich eine Zeitlang damit ab, ihn wiederzufinden, aber vergeblich. Selbst damals vor zwanzig Jahren hatte sie ihn in Gedanken nie anders als Lenart genannt und eine ausweichende Anrede gebraucht.

Im März 1931 brachte Toni ihn ins Haus, sehr zu Elisabeths Mißfallen, die sich jedesmal ärgerte, wenn ein Fremder in den Bereich ihrer Häuslichkeit einbrach. Toni setzte sich dann mit diesen Leuten ins Herrenzimmer und verhandelte mit ihnen bei Mokka und Kognak über geschäftliche Dinge. Aus irgendeinem Grund, den sie sofort wieder vergaß, interessierte Lenart sich für Nägel. Toni, auf den der neue Geschäftsfreund großen Eindruck zu machen schien, versuchte in den folgenden Tagen mindestens zehnmal, Elisabeth über die finanziellen

Grundlagen dieses Menschen aufzuklären, was sie entsetzlich langweilte.

Wie immer bei derartigen Gesprächen, sah sie ihm starr in die Augen und stellte Fragen, die verrieten, daß sie gar nicht zugehört hatte, und wenn Toni daraufhin ausführlich wurde, überließ sie sich der Betrachtung seines Gesichts, das so angenehm und freundlich aussah, zeichnete im stillen die Linie seiner Brauen nach oder zählte die kleinen Leberflecke auf seiner Wange.

Damals wußte sie noch nicht, daß ein Sklave die Sprache seines Herrn verstehen und sprechen muß, wenn er sich einigermaßen in dieser Welt behaupten will. Erst viel später begriff sie und fing an, sich alles anzueignen, worüber man mit Männern reden konnte. Ihr Wissen war zwar nur oberflächlich, aber es genügte, um den Jargon der Kaufleute, Politiker und Künstler zu verstehen. Sie kam in den Geruch, eine Frau zu sein, mit der man wie zu einem Mann reden konnte, und von dieser Zeit an waren ihre Unternehmungen von einigem Erfolg gekrönt.

Damals aber, als Toni ihr von Lenart erzählte, fühlte sie sich noch sicher und geborgen in einer sehr privaten Welt und hatte es nicht nötig, Interesse zu heucheln. Im Grund war sie überzeugt davon, daß Tonis Beschäftigung eine Schande sei für einen Mann, ja, daß fast alle Beschäftigungen der Männer eine Schande seien. Sie fand es lächerlich und traurig, daß ein großer, gesunder Mensch an einem Schreibtisch saß und Geschäftsbriefe diktierte, statt irgend etwas Wirkliches zu tun: selber einen Nagel zu schmieden, Bäume zu pflanzen oder wenigstens irgend etwas Vernünftiges zu erfinden.

Auch jetzt dachte Betty noch nicht anders darüber, aber sie hütete sich, dies einzugestehen. Mit dem stillen Zynismus der Frau beobachtete sie, wie die eine Hälfte der Menschheit heimlich, aber unbeirrbar alles sabotiert, was der anderen Hälfte so unendlich wichtig erscheint. Keinesfalls aber wünschte sie in einer weiblichen Welt der Nützlichkeit und Vernunft zu leben, in der es zwar keine gigantischen Kriege, keinen Hunger, aber auch nichts mehr zu lachen gäbe.

Sie liebte es sehr, den endlosen, unfruchtbaren Debatten ihrer Freunde zu lauschen, diesem Spiel mit Wörtern und Begriffen, das sie immer wieder in Erwartung versetzte, aus den Mündern der Sprechenden plötzlich Papierblasen aufsteigen und mit leisem Knall zerplatzen zu sehen. Sie sah graue Scheitel, rosige Glatzen, Zwicker, Bärte, ehrwürdige Bäuche und hagere Eifererschultern und den tödlichen Ernst der Männergesichter, als handle es sich um Leben und Tod und nicht um ein bloßes Spiel der Eitelkeit. Spott und blinde Zärtlichkeit regten sich in ihr, und sie mußte das Verlangen unterdrücken, diese bedeutenden Köpfe zu streicheln und zu murmeln: Ist ja schon gut, ihr habt das sehr schön gesagt, wirklich sehr schön...

Aber damals liebte sie es nicht, wenn Toni seine Geschäftsfreunde mitbrachte. Sie fügte sich natürlich der Notwendigkeit, aber dunkel ahnte sie schon als ganz junge Frau, daß das, was da bei unzähligen Zigaretten, Kaffee und Kognak geredet wurde, ebensogut, wenn nicht besser, unter der Haustür mit zehn Worten zu erledigen gewesen wäre.

An solchen Abenden, wenn sie allein in ihrem Bett lag, schien ihr Toni nicht anders zu sein als alle Männer. Wenn er dann, nach Rauch und Alkohol riechend, erschien, drehte sie sich zur Seite und stellte sich schlafend. Sie redete sich ein, daß sie ihn wegen seiner beruflichen Tüchtigkeit und Klugheit bewundern müsse, aber sie wußte, daß es immer nur die eine Entschuldigung für seine unangenehmen männlichen Gewohnheiten gab, nämlich daß sie ihn liebte.

An einem Märzabend also brachte Toni Lenart mit. Elisabeth, die gerade den Kleinen gebadet hatte, wischte sich mit dem Handrücken das Gesicht ab, strich sich das

Haar aus der Stirn und ging ins Wohnzimmer. Lenart küßte ihr die Hand, und sie verstand seinen Namen nicht, weil sie daran dachte, daß ihr Gesicht möglicherweise voll Kinderpuder sei. Nachdem sie sich flüchtig im Spiegel erblickt hatte, war sie einigermaßen beruhigt.

Erst jetzt besah sie sich den Fremden näher. Irgend etwas an ihm gefiel ihr nicht. Zu ihrer eigenen Verwunderung fühlte sie sich durch das belanglose Gespräch beleidigt. Der gewisse Ton, in dem erwachsene Männer zu Kindern, Frauen und Schwachsinnigen zu reden pflegen, reizte sie aus seinem Mund besonders.

Sie ließ schließlich das Abendessen auftragen, und während sie mit halbgesenkten Lidern dasaß und zuhörte, wuchs ihre unbegreifliche Erbitterung noch an. Sie wurde einsilbig, und Toni, der ihre Verstimmung merkte, zog sich bald nach dem Essen mit seinem Gast zurück. Elisabeth setzte sich mit einem Buch in ihre Ecke und las ein wenig zerstreut, bis Lenart sich nach etwa einer Stunde verabschiedete.

Als er sich über ihre Hand beugte, zog er die Brauen hoch, als sähe er sie eigentlich erst jetzt richtig, und zu ihrem Ärger wich sie seinem Blick aus.

An diesem Abend war sie ungeduldig und gereizt gegen Toni, und er sagte, er könne sie nicht verstehen, denn Lenart sei ein durchaus angenehmer und wohlerzogener Mensch, und obendrein, was ja wohl ausschlaggebend sei, ein ausgezeichneter Kaufmann.

Elisabeth beharrte dabei, daß er ihr eben unsympathisch sei, ein Argument, das Toni als unsachlich zurückwies. Aufs heftigste gereizt von Worten wie unsachlich oder unlogisch, wurde sie wütend, dabei blieb aber ein Teil von ihr kalt und unberührt, und so sah sie sich selbst mit verwirrtem Haar, die Augen voll Tränen, in der Unterwäsche vor dem Bett stehen, und sie verstummte plötzlich, beschämt und erschreckt.

Toni sagte auch nichts mehr, offenbar überlegte er, ob

sie einen körperlichen Anlaß zu diesem Ausbruch haben könne, und Elisabeth ärgerte sich neuerdings, weil ihm nie in den Sinn kam, sie könne auch andere als nur biologische Gründe für ihre schlechte Laune haben.

Schließlich, schon im Halbschlaf, als sie seine ruhigen Atemzüge neben sich hörte, drehte sie sich nochmals um und küßte ihn reumütig auf die Wange. Der Duft seiner gesunden, jungen Haut ließ sie den Streit sofort vergessen.

Aber Lenart stellte sich wieder ein und dann nochmals. Sein Interesse für Nägel schien Elisabeth etwas außergewöhnlich und unbegreiflich, und sein Besuch versetzte sie jedesmal in angriffslustige Stimmung.

Nachdem er viermal dagewesen war, war sie fest davon überzeugt, er wolle Toni in irgendeine dunkle Angelegenheit verwickeln, und sie äußerte auch sogleich einen Verdacht. Aber Toni lachte darüber und versicherte ihr, Lenart sei eine durchaus seriöse Persönlichkeit und man könne ihm keinen Vorwurf daraus machen, daß er sich anscheinend gern mit ihm, Toni, unterhalte.

Elisabeth hörte an seiner Stimme, daß er sich von dem ungewöhnlichen Interesse des älteren und erfahreneren Mannes geschmeichelt fühlte, und sagte nichts mehr. Aber es war ihr ganz klar, daß Toni, sosehr sie ihn liebte, nichts von jenen Eigenschaften aufwies, die einen Mann wie Lenart hätten fesseln können, und so fing sie an, den Gast scharf zu beobachten.

Aus seiner Stimme, seinen Bewegungen und seinem Mienenspiel schloß sie, daß er klug, gewandt, kalt und unerbittlich sei, lauter Eigenschaften, die auch seinen geschäftlichen Erfolg erklärten. Es gab aber noch etwas anderes in ihm, was sie nicht ergründen konnte und das mit seinem Mund zusammenhing. Man merkte es besonders deutlich, wenn er schwieg.

Manchmal glaubte sie, es sei eine große Traurigkeit in ihm verborgen, aber eine Traurigkeit des Fleisches, um die er vielleicht selbst nicht wußte. Mehr als an irgendeinen Menschen erinnerte er sie an ein großes Tier, an eines der Tiere in den zoologischen Gärten, die hinter Eisenstäben stehen und ins Leere starren, die Schädel hin und her wiegend, voll dumpfer Qual und sprachlos.

In solchen Augenblicken fühlte sie sich versucht, die Hand auf seinen großen, dunklen Mund zu legen, wie man sie auf die Nüstern eines Pferdes legt, um die Fremdheit zu überwinden.

Sobald er aber wieder zu reden anfing, sah sie nichts vor sich als den smarten Geschäftsmann, der ihr verdächtig und zuwider war. Sein Blick machte sie unsicher; es schien ihr dann, als warte er in aller Ruhe auf etwas, was unter allen Umständen eintreten müsse und was sie sich nicht vorstellen konnte.

Und immer wieder fühlte sie sich verletzt von ihm, obgleich sein Benehmen von ausgesuchter Höflichkeit war.

Sie gewöhnte sich daran, häufiger mit Toni zu streiten. Es waren immer nur kleine, dumme Zwistigkeiten, ohne rechten Anlaß, die auch gleich wieder beigelegt wurden, aber gerade die Nichtigkeit der Anlässe war es, was sie unglücklich machte, denn sie hatte Lust auf einen richtigen, grundsätzlichen Streit.

Es gab aber nichts, worüber sie hätte streiten können, Toni war wie immer friedfertig, schweigsam und freundlich. Er wünschte nichts, als in Ruhe seine Zeitungen zu lesen, ein wenig aus dem Betrieb zu erzählen und eine halbe Stunde mit dem Kind zu spielen. Wenn er sie aus haselnußbraunen Augen erstaunt und nichtsahnend ansah, mußte sie sich manchmal abwenden. Sie lief ins Schlafzimmer, legte den Kopf auf die Arme und fühlte sich von aller Welt verlassen.

Betty erinnerte sich deutlich eines derartigen Abends, als sie sich mit nassem Gesicht aufrichtete und ihr zerknittertes Kleid glattstrich.

Aus dem Wohnzimmer drang Tonis Stimme, der sich mit dem Kleinen unterhielt, und das freudige Quietschen des Kindes. In der Dämmerung sah sie die Umrisse der Möbel nur noch undeutlich, unter der Tür lief ein Streifen warmen, gelben Lichts.

Plötzlich wußte Elisabeth, daß sie gar nicht hierhergehörte, daß die Stimmen von nebenan die eines fremden Mannes und eines fremden Kindes waren. Es war, als habe sie sich in das behagliche Bürgerhaus nur eingeschlichen und warte beklommen darauf, entdeckt zu werden. Die seidene Steppdecke, der Toilettetisch, die Kleider im Kasten, alles gehörte nicht ihr, sondern einer ganz anderen.

Dann stand sie auf der Straße und sah über die niedrige Hecke hinweg auf das gelbe Landhaus. Die Sonne fiel auf die Kieswege, und in runden Beeten blühten gelbe Rosen. Die Familie trat aus der Tür, ein gutgekleideter Mann, der Toni ähnlich war, nur etwas älter, eine Frau in grauem Kostüm und ein etwa zehnjähriger Sohn in kurzen Hosen und Söckchen. Die Frau erkannte sie nicht. Die drei schritten die Stufen herab, das Sonnenlicht auf den Schultern, und schienen vollkommen glücklich so mit sich allein. Im nächsten Augenblick war das Bild verschwunden. Elisabeth richtete ganz mechanisch ihr Kleid, fürchtete sich ein wenig und wünschte sich weit fort von der weichen Steppdecke, dem Teppich und fort von den lachenden Stimmen aus dem Nebenzimmer.

Sie wünschte sich, allein in einer klirrend kalten Winternacht durch einen verschneiten Fichtenwald zu gehen, auf einer sonnendurchglühten Almwiese zu liegen, mit dem Duft des wilden Thymians in der Nase, oder ein Ruderboot mit raschen Schlägen über einen See zu treiben und die Kühle der sprühenden Tropfen auf den Wangen zu spüren. Selbst die Vorstellung eines kleinen, kahlen Hotelzimmers hatte plötzlich etwas Verlockendes für sie, eines Zimmers, in dem man tun konnte, was man wollte, allein schlafen, nachts lesen, ohne Teller, Silberbesteck und

Tischtuch essen, eines Zimmers, in dem man lachte, wenn es etwas zu lachen gab, und wo man sein Taschentuch zerfetzte, wenn man zornig war.

Sie knöpfte ihr Kleid auf und spürte die kühle Luft auf der Brust, sie schnitt Grimassen in der Dämmerung und verwirrte ihr Haar.

Noch immer drangen die glücklichen Stimmen durch den Türspalt, aber Elisabeth hörte sie nicht mehr.

Sie dachte an alles, was sie niemals kennen würde: die Wüste, das große Meer, Dschungel und Steppen, das Nordlicht, die Steinschluchten der fernen, großen Städte, die Parklandschaften Englands, das Geschrei und den Gestank der afrikanischen Hafenstädte und die Berge der Anden. Und das waren noch die erreichbarsten Dinge für sie. Niemals würde sie einen fremden Stern besuchen, niemals einem Saurier begegnen und niemals sich mit Echnaton, Alkibiades und der Semiramis unterhalten, ja nicht einmal mit dem geringsten Sklaven aus Caesars Haus oder mit einem Menschen, der in der Stunde ihres Todes geboren wurde.

Sie dachte auch an das Gebirge von Büchern, die sie niemals lesen würde, und an die Blumenfelder, deren Duft sie nicht erreichte, an die großen, sanften Tierherden, deren Sprache sie nicht verstand, und an das Gewimmel von feuchten Augäpfeln, langen Wimpern, glänzendem Haar, an die Schönheit der Erde, die verdarb, ohne von ihr bewundert zu werden. Sie dachte an die Zärtlichkeiten weißer, brauner und gelber Kinder, an ihren Duft, und an die Umarmungen von fremden Männern, die sie niemals kennen würde.

Ihr Verlangen nach dem Unerreichbaren verwandelte sich langsam in Traurigkeit.

Sie knöpfte das Kleid über der Brust zu, knipste das Licht an und bürstete ihr verwirrtes Haar. Die glänzenden Tränenspuren auf den Wangen bestäubte sie mit Puder, und dann ging sie hinaus ins Wohnzimmer.

In der Zwischenzeit hatten die beiden Toni eine Schnur durchs Zimmer gespannt und bemühten sich, einer Holzente das Seiltanzen beizubringen.

Elisabeth nahm den Kleinen auf und küßte ihn, als müsse er ihr diese und alle Welten ersetzen, aber er wehrte sich und strebte zu seiner Ente zurück. Da stellte sie ihn auf den Boden und ging in die Küche, um nach dem Abendbrot zu sehen.

Es wurde ihr wieder einmal klar, wie überflüssig sie eigentlich war. Die brave Anna erledigte den Haushalt, Toni brauchte nichts als seine Ordnung und Bequemlichkeit und der Kleine seinen Brei, saubere Höschen, sein Bad und viel Schlaf.

Niemand wäre daran gestorben, daß einmal keine frischen Blumen in den Vasen standen oder keine Zigaretten bereitlagen. Selbst die Gartenarbeit, die ihr früher einmal so viel Freude gemacht hatte, überließ sie jetzt einem Invaliden, auf Tonis ausdrücklichen Wunsch, der der Ansicht war, sie dürfe dem armen Menschen seine einzige Verdienstmöglichkeit nicht schmälern. Außerdem hätte man es ihm als Geiz ausgelegt, wenn sie selbst den Garten umgegraben hätte.

Elisabeths Leben verlief also zwar sehr beschäftigt, aber ganz ohne befriedigende Arbeit. Einigemal versuchte sie mit Toni darüber zu reden, aber er sagte nur, es gäbe ja genug zu tun im Haus und sie solle im übrigen froh sein, daß sie sich nicht so plagen müsse wie andere Frauen.

Sie konnte ihm nicht widersprechen, denn alles, was er sagte, klang ganz richtig. Aus seinen vernünftigen und wohlgesetzten Worten aber spürte sie etwas Schiefes und Oberflächliches, das sein ehrliches Gesicht Lügen strafte.

Es war einfach unmöglich, durch die dicke, ölige Schicht anerzogener und übernommener Vorurteile zu dringen, bis man auf den echten Toni traf, der gar nichts zu tun hatte mit Anton Pfluger, dem Besitzer der Nägelfabrik. Sie wußte, daß es diesen Toni gab, aber in der letzten Zeit bekam sie ihn immer seltener zu Gesicht.

Der Verhärtungs- und Verflachungsprozeß hatte eingesetzt, der viele Männer mit den Jahren in einen gutgebügelten Anzug verwandelt mit irgendeinem Kopf darauf, in dem nichts mehr Platz hat als Zahlen, Statistiken, Propagandareden und Schlagworte.

Und so dachte sie »armer Toni«, küßte ihn auf die Wange, die nach Rasierwasser und Gesundheit roch, und spürte die alte Zärtlichkeit, bedrängend und hilflos machend.

8

Betty stellte sich vor, wie ihr Leben verlaufen wäre ohne den brutalen Eingriff von außen. Vielleicht hätte sie endgültig resigniert und wäre mit den Jahren eine freundliche, ein wenig zerstreute Frau geworden, die mit ihrem Kind spazierengeht, Romane liest, Gäste empfängt, Blumen in die Vasen ordnet und das Leben sanft und ohne Bedauern davonrinnen spürt. Eine von den vielen Frauen, deren Wille gebrochen ist und die gar nicht mehr wirklich sind.

Es war müßig, darüber nachzudenken, und Betty war fast sicher, daß sie eines Tages angefangen hätte, wieder ihr eigenes Leben zu führen, das sie aus Liebe aufgegeben hatte. Lenart hatte nichts getan als diese Entwicklung beschleunigt, vielleicht um viele Jahre, vielleicht nur um kurze Zeit.

An einem Aprilnachmittag traf er sie auf dem Weg zum Bahnhof und machte sich sogleich erbötig, sie in seinem Wagen in die nächste größere Stadt zu fahren.

Elisabeth willigte schließlich zögernd ein, weil ihr keine passende Ausrede einfallen wollte. Die Vorstellung, eine ganze Stunde mit diesem Menschen allein zu sein, erfüllte sie mit Unbehagen.

In der Stadt besorgte sie ihre Einkäufe und traf ihn dann, wie verabredet, in einem Café.

Es war ein kühler Abend geworden, und Elisabeth fröstelte ein wenig. Sie bestellte, wie immer, wenn sie in die Stadt kam, Schokolade und ärgerte sich sofort darüber, als sie sah, daß Lenart Mokka trank. Schokolade schien ihr plötzlich ein ganz unpassendes Getränk für eine erwachsene Frau. Plötzlich wußte sie, was sie immer in seiner Nähe so unsicher machte, es war das Gefühl, zu jung auszusehen, um von ihm ernst genommen zu werden, und wie alle jungen Menschen wünschte sie nichts mehr, als ernst genommen zu werden.

Sie mußte sich zusammennehmen, um nicht mit der Papierserviette zu spielen oder sich in den Fingerknöchel zu beißen, Gewohnheiten, die ihr damals zu schaffen machten.

Es war sehr still im Kaffeehaus, man hörte nur diskretes Zeitungsgeraschel, die gedämpften Schritte der Kellner, flüsternde Damenstimmen und manchmal das zarte Klirren eines Löffels, der an eine Porzellantasse schlug.

Lenart erzählte in seiner beiläufigen Art irgend etwas, was Elisabeth gar nicht recht verstand, das heißt, sie konnte sich nicht dahin bringen, ihm aufmerksam zuzuhören.

Es fing an, dunkel zu werden, auf der Straße lag ein wenig schmutziger Schnee.

Dann hörte Lenart plötzlich zu erzählen auf, und Elisabeth mußte auf seinen großen Mund schauen. Mit einemmal fühlte sie sich von aller Welt abgeschnitten in ihrer Fensternische und diesem fremden Menschen ausgeliefert, der jetzt auch noch anfing, sie anzustarren. Ohne es zu merken, zerkrümelte sie die Papierserviette in winzige Stückchen, bis er sie sanft aus ihrer Hand nahm und lächelte.

Aber dieses Lächeln ließ seinen Mund nur noch düsterer erscheinen; wieder war es nicht Lenart, der ihr gegenüber saß, sondern das große, in seiner Traurigkeit gefangene Tier. Ein Wagen fuhr vorüber, und ein wenig Schneematsch spritzte auf das Fenster. Es gab ein kurzes, klatschendes Geräusch, und Elisabeth schrak auf.

Dann legte Lenart seine Hand auf die ihre und lud sie ein, ihn am folgenden Donnerstag um dieselbe Zeit wieder zu treffen.

Elisabeth starrte ihn an und brauchte ein paar Sekunden, um überhaupt zu begreifen.

»Nein«, sagte sie schließlich hilflos, und Lenart fuhr fort zu lächeln und sagte gar nichts.

Auf der Rückfahrt schwiegen sie eine Zeitlang, dann fing Lenart an, eine seiner Anekdoten zum besten zu geben, von Leuten, die sie nicht kannte und die er vermutlich nur erfand, um ihnen seine Pointen in den Mund zu legen. Aber heute war Elisabeth ihm dankbar für das Gerede, das sie langsam aus ihrer Erstarrung zurückholte. Sie lachte ein paarmal dazu, hell und fiebrig, und vergrub die eiskalten Hände in den Manteltaschen. Dann wurde sie mit einem Schlag schläfrig, die Erregung verebbte. Sie lehnte sich zurück und sah geradeaus auf das Stück Straße, das im Scheinwerferlicht vor ihr lag. Obgleich noch gar nichts geschehen war, schien es ihr, es sei längst alles vorüber und nichts mehr zu ändern. Der Entschluß, sich selbst aufzugeben und die Beute eines Stärkeren zu werden, machte sie matt und friedlich.

Als sie nach Hause kam, war sie ganz ruhig, nur ein wenig ausgefroren und müde.

Sie ging ins Kinderzimmer, setzte sich an Tonis Bettchen und sah auf seinen halbgeöffneten Mund nieder, auf die Handvoll blonden, zerdrückten Haares und die dunklen Wimpern, die auf den runden Wangen ruhten. Dabei dachte sie gar nichts. Während sie langsam die Jacke ihres Kostüms aufknöpfte, fühlte sie sich ruhig und fast heiter, wie ein Mensch, dem nichts mehr geschehen kann.

Als sie dann ins Wohnzimmer trat, war Lenart eben dabei, sich von ihrem Mann zu verabschieden. Sie sah ihn nicht an, als er sich über ihre Hand beugte.

An diesem Abend wurde Toni zärtlich, und sie wehrte ihn nicht ab. Die ganze Zeit über hatte sie aber das Gefühl, daß nicht sie selbst in den Armen ihres Gatten liege, sondern eine ganz andere Person, so als stehe sie neben dem Ehebett im Dunkeln und sehe auf das Paar nieder, auf den schlanken, blonden Nacken des Mannes und das starre Frauengesicht mit den geschlossenen Augen.

Alles war ein wenig unheimlich, und sie bekam Kopfschmerzen davon und konnte nicht einschlafen, aber auch nicht denken.

Beim Erwachen überfiel sie sofort die Erinnerung an den Vortag wie ein Schlag gegen die Brust. Sie setzte sich auf und sah Toni im anderen Bett liegen, die Wange in die Hand geschmiegt, mit dem tiefernsten und törichten Gesicht der Schlafenden.

Kummer erwachte in ihr bei diesem Anblick, aber sie zweifelte nicht einen Augenblick daran, daß sie am nächsten Donnerstag in die Stadt fahren werde. Sie sagte sich, daß sie im Begriff war, einen Ehebruch zu begehen, und sie wiederholte das Wort leise vor sich hin, aber es blieb nur ein Wort und wurde nicht lebendig. Es hatte keine Beziehung zu ihr selbst und Lenarts großem dunklem Mund.

Aber auch das Wort Liebe hatte nichts damit zu tun, es gehörte für immer zu Tonis Gesicht und bedeutete etwas Heiter-Zärtliches, Glück, Wärme und Spiel.

Elisabeth kannte sich gut genug, um zu wissen, daß, wenn einmal ein Mensch oder ein Ding ihre Neugierde erregt hatte, sie rücksichtslos und blindlings daran ging, diese Neugierde zu stillen.

So stark war diese Neugierde, daß sie darin sich selbst vergaß und sich jeder Gefahr ohne zu zögern aussetzte. Was sie an diesem Morgen quälte, war nicht der Gedanke, was mit ihr geschehen werde, sondern der Gedanke an Toni und das Kind. Sie mußte diese beiden aus dem Spiel heraushalten; was sie zu tun im Begriff war, war einzig und allein ihre Angelegenheit.

Betty lächelte bei dieser Erinnerung an die junge Frau, die nicht gewußt hatte, daß es keine eigenen Angelegenheiten gibt, daß man keinen einzigen Schritt tun kann, ohne in andere Leben Verwirrung zu bringen. So hatte sie gegen ihren Willen das Leben ihrer Familie und ihrer Freundin in Bahnen gelenkt, die sie damals unmöglich voraussahnen hätte können. Alles, was ihr damals als Unglück für die Betroffenen erschienen war, hatte sich letzten Endes als Glück erwiesen, denn es gab keinen Zweifel, daß Käthe eine weitaus bessere Gattin und Mutter war, als es Elisabeth jemals hätte sein können.

Aber selbst wenn es nicht so gewesen wäre, könnte sie jenen Nachmittag im Hotelzimmer nicht ungeschehen machen. Alles, was geschah, geschah für alle Zeiten. Betty wunderte sich darüber, daß sie noch immer eine Spur der alten Trauer um das Verlorene fühlte, aber wahrscheinlich hörte kein Schmerz jemals auf wehzutun, unter der Oberfläche von Alltäglichkeiten lebte er immer noch, und man mußte ihn einfach hinnehmen.

Wenn Elisabeth gehofft hatte, Lenarts Geheimnis, vorausgesetzt, daß es überhaupt etwas Derartiges gab, auf die Spur zu kommen, mußte sie sich sagen, daß es ihr nicht gelungen war. Sie wußte nachher genau so wenig von ihm wie zuvor. In der einbrechenden Dämmerung lag er neben ihr auf dem Bett, und sein Gesicht war ausdruckslos und ruhig. Elisabeth zog die Decke über die Schultern.

So fest sie es sich vorgenommen hatte, war sie nicht imstande, sich an irgendwelche Gedanken oder Gefühle zu erinnern. Es war ihr nichts geblieben als der Eindruck eines Überfalls, und sie entsann sich einer Geschichte über die Kopfjäger auf Borneo, die sie einmal als Kind in einem Missionskalender gelesen und die sie lange Zeit hindurch vor dem Einschlafen in angenehm gruselige Stimmung versetzt hatte. Sogleich, als Lenart mit einem jähen Griff in ihr Haar ihren Kopf zurückgerissen hatte, waren diese vergessengeglaubten Kindergefühle in ihr erwacht.

Mit Liebe jedenfalls hatte das gar nichts zu tun. Diese Feststellung war einigermaßen beruhigend, als habe sie sich damit weniger schuldig gemacht gegen Toni. Sie wußte jetzt endlich, wie einer Ehebrecherin zumute war, nämlich nicht anders als vor dem großen Ereignis, abgesehen von einer gewissen natürlichen Zerschlagenheit.

Es war ihr angenehm, daß Lenart schwieg, alles, was er

in dieser Situation hätte sagen können, wäre bestenfalls unpassend gewesen. Jetzt, nachdem alles vorüber war, fand sie es überflüssig, noch länger neben diesem fremden Mann im Bett zu liegen. Sie stand auf, zog sich an und ließ sich zur Bahn bringen – fest entschlossen, ihn wiederzusehen und ihm eines Tages sein Geheimnis zu entreißen.

Die folgenden Zusammenkünfte verschwammen für Betty zu einer einzigen, das oberflächliche Geplauder, der jähe Überfall, Schweigen und wieder Konversation.

Aus seinem Verhalten schloß sie, daß für ihn Liebe neben dem körperlichen Rauschzustand gesteigertes Machtgefühl bedeutete. Niemals erzählte er von sich selbst auf eine andere als die beiläufigste Weise, ebenso wie er von seinen zahlreichen obskuren Bekannten berichtete, und er machte auch nie den Versuch, über ihre Verhältnisse Näheres zu erfahren.

Jetzt, in der Erinnerung daran, fiel es Betty auf, daß er nackt nicht lächerlich wirkte; sobald er seine Kleider abgelegt hatte und sein höflich nichtssagendes Geplauder verstummte, wurde er zu dem großen, traurigen Tier, als das Elisabeth ihn schon bei seinen ersten Besuchen erkannt hatte.

Sie quälte sich eine Zeitlang damit ab, ihn zu begreifen, aber es gelang ihr nicht, und in der folgenden Zeit vergaß sie es manchmal, weil sie genug mit sich selber zu tun hatte. Manchmal zeigte er sogar Anwandlungen von Güte, aber selbst diese Güte kam aus seinem Körper, und man konnte ihr nicht trauen, weil sie im nächsten Augenblick in Gleichgültigkeit umschlagen konnte. Lenart war ein Verlorener, dem eines Tages seine Seele abhanden gekommen war und der anfing, in seinem eigenen Fleisch zu ersticken. Die dumpfe Erinnerung an den Verlust saß noch in den Winkeln seines Mundes, aber davon mochte er nichts wissen.

Vielleicht aber verhielt es sich auch ganz anders und Elisabeth war einfach nicht fähig, sich vorzustellen, was in einem Menschen von so anderer Art vorging.

Das Verhältnis mit Lenart dauerte ein Jahr und drei Monate, und die Erinnerung an diese Zeit ließ Betty fröstelnd die Schultern hochziehen.

Sie sah Elisabeth an einem Maiabend aus der Stadt zurückkommen. Im Wohnzimmer waren Gäste, und sie hörte ihre Stimmen ins Bad. Sie stand vor dem Spiegel und kämmte ihr Haar. Auf der Unterlippe entdeckte sie zwei blaue Male, die auch noch durch den Lippenstift durchkamen. Sie starrte auf die kleinen düsteren Druckstellen und erinnerte sich an den Schmerz des Bisses. Plötzlich verschwamm ihr Spiegelbild, und sie erschrak, als sie sich weinen sah.

Sie fühlte ein ganz unpersönliches Mitleid mit der weinenden Frau und flüsterte etwas Tröstendes, während sie sich das Gesicht abtrocknete. Gleichzeitig stand hinter ihr eine dritte Elisabeth und betrachtete fast ein wenig belustigt die Weinende und die Flüsternde und dachte: nur kein Theater, meine Lieben.

Dann flossen die drei ineinander, und Elisabeth, jetzt wieder eine einzige Person, kühlte ihre Augen mit einem feuchten Wattebausch.

Sie wünschte sich nichts als eine kleine dunkle Höhle zum Schlafen und einen braven Chirurgen, der ihr zuvor das Hirn aus dem Schädel kratzte.

So blieb sie auf dem Rand der Wanne sitzen, bis Toni ins Badezimmer kam. Sie sah ihn ein Kopfwehpulver aus der Hausapotheke nehmen und spürte dann seinen Mund auf der Wange. Nur die Hand mußte sie ausstrecken, um dieses vertraute, ein wenig vom Wein gerötete Gesicht zu berühren. Aber sie tat es nicht, denn sie wußte, daß Toni in Wahrheit für sie unerreichbar geworden war.

Dann fiel ihr ein, daß sie sich zusammennehmen mußte

und keinen Verdacht erregen durfte. Sie stand rasch auf, sagte irgend etwas über die Hitze auf der Bahn und begann ihr Gesicht herzurichten.

Nachher mußte sie mit den Gästen Karten spielen und bildete sich die ganze Zeit über ein, eine der anwesenden Frauen sehe genau auf ihren Mund. Sie wurde nervös und verlor fortwährend. Schließlich entwickelte sie eine hektische Munterkeit und steckte damit die anderen an. Die beiden Männer fingen an, ihr den Hof zu machen, und Elisabeth ging darauf ein, spürte aber unter ihrer Lustigkeit eine Art Grauen, gegen das sie nicht aufkommen konnte.

Als endlich eine der Frauen nach Hause drängte, fiel ihre Erregung plötzlich zusammen, und während Toni die Gäste verabschiedete, sank sie zitternd in einen Sessel. Ohne noch einmal ins Badezimmer zu gehen, kroch sie ins Bett. Ihr Körper roch noch nach Lenart, und das war zugleich abstoßend und erregend. Der vergangene Nachmittag fiel ihr ein, und sie fing wieder an zu zittern.

Toni, der ein wenig zuviel getrunken hatte, schlief sofort ein. Sie hörte seinen schweren Atem, und kleine kalte Schauer liefen über ihren Leib. Unfähig, sich zu rühren, blieb sie eine Stunde lang still im Dunkeln liegen, bebend vor Kälte und Schmerz, und starrte auf die Leuchtziffern der Uhr.

Endlich suchte sie in der Lade des Nachtkästchens ein Röhrchen mit Schlaftabletten, schluckte drei davon ohne Wasser und wartete dann, auf dem Rücken liegend, auf die große Ruhe und Stille, auf das Ende von Schmerz und Kälte und auf das Ende jedes Gefühls, das sie einmal bewegt hatte. Vor ihr, aus der Finsternis, wuchsen langsam leere, runde Gesichter mit aufgerissenen Augen und Fischmündern. Sie versuchte die Hand nach ihnen zu heben, aber da wichen sie zurück und zersprangen als weiße Kugeln an der Wand. Elisabeth wunderte sich sehr und wurde davon müde.

In schweren, bitteren Wellen schlug die Betäubung über ihr zusammen, und ihr letztes Gefühl war Staunen darüber, daß auch der Schlaf noch schmerzte.

An den Morgen erinnerte Betty sich nicht, aber sie wußte, wie der Morgen nach einer Betäubung aussah, und seit Jahren verzichtete sie auf jedes Schlafmittel, um sich das langsame, quälende Erwachen zu ersparen.

Elisabeth griff damals öfters zu den Pulvern, und das ließ sie bei Tag müde und teilnahmslos herumgehen. Sie wußte, daß sie im Begriff war, sich zu verändern, und daß diese Veränderung wie der Beginn einer Krankheit war, die tödlich enden wird.

Das, was sie als Abenteuer und Experiment betrachtet hatte, fing an, in sie einzudringen und sie zu zerstören. Es erbitterte sie manchmal, daß Toni nichts davon merkte. Ihr Staunen darüber, daß niemand etwas von ihrem Doppelleben ahnen sollte, nahm von Tag zu Tag zu. Gegen ihre Gewohnheit begann sie, sich lange und aufmerksam im Spiegel zu betrachten, und die Tatsache, daß sie aussah wie immer, erfüllte sie mit Entsetzen. Sie starrte so lange auf ihr Bild, bis sie einen neuen Zug zu entdecken glaubte, so, als schaue eine fremde Frau durch ihre Augen und als werde ihr Fleisch täglich dünner und mürber, bis endlich jene Fremde durchbrechen werde. Und die Frau hinter ihren Augen war krank, verzweifelt und zu allem fähig. Elisabeth trat rasch vom Spiegel weg.

Inzwischen ging alles seinen Gang. Es gab, außer Freitag, täglich Fleisch; das Gras in den Gärten blühte, Toni junior bekam Karotten oder Spinat und gedieh zusehends; Elisabeth wuchsen ein paar Sommersprossen auf der Nase, und Anna zerschlug eine Tasse vom Biedermeierservice und weinte so herzzerbrechend, daß Elisabeth ihr eine neue Schürze schenkte.

Zwischen Toni und Elisabeth wurden die üblichen, halb geschwisterlichen Zärtlichkeiten getauscht, und der Himmel stürzte nicht ein darüber. Toni spürte nichts von den

Nachmittagen im Hotel, für ihn war der Körper seiner Frau derselbe, den er seit vier Jahren umarmte und liebte.

Elisabeth beobachtete sich sehr genau und erwartete, belehrt von unzähligen Ehebruchsromanen, daß ihr Gatte ihr zuwider werden müsse. Aber nichts dergleichen geschah. Wie immer roch er zart nach Zigaretten, Rasierwasser und junger, gesunder Haut. Ja, ihr Gefühl für ihn verschärfte sich, wie ein Scheidender die Farben einer Landschaft deutlicher sieht als je zuvor.

Elisabeth dachte ununterbrochen über ihren Zustand nach, und immer wieder schien es ihr ganz unbegreiflich, daß niemand von dem Leben, das sie führte, etwas wußte. Wie leicht konnte jemand sie das Hotel betreten oder sie in Begleitung Lenarts sehen, jeder Tag konnte die Entdeckung bringen.

Sie fing an, sich unnatürlich viel mit dem Kind zu beschäftigen. Bis zur Erschöpfung trug sie es auf den Armen hin und her, spielte mit ihm, fütterte es mit Engelsgeduld. Sie ließ es keine Minute aus den Augen, und es wurde verwöhnt, anspruchsvoll, und weinte, sobald sie aus dem Zimmer ging. Stundenlang konnte sie mit ihm auf dem Boden hocken, ganz der Nähe des kleinen Körpers hingegeben, und plötzlich, während sie ein Bauholz auf das andere schob, in Tränen ausbrechen. Toni tupfte dann neugierig die Nässe von ihrem Gesicht, stieß sie mit dem runden Kopf gegen die Schulter und sagte: »Mama weh-weh.« Wenn er mit seiner roten Spielschürze ihr Gesicht abtrocknete, preßte sie ihn an sich, bis er sich unter vorwurfsvollem Protest von der Umschlingung befreite und zu seiner Burg zurückkehrte. Während seiner Erkältung schlief sie im Kinderzimmer auf einem Diwan und verzichtete auf die abendlichen Schlafpulver. Die Hand zwischen den Stäben des Gitterbetts durchgeschoben, hielt sie die fieberheißen Händchen, gedankenlos, träge und ganz dem Augenblick hingegeben.

Betty räusperte sich, und das Bild verschwand.

Elisabeth lag jetzt wieder neben Lenart. Das rötliche Sonnenlicht sickerte durch die Vorhänge, und Pfeile leuchtender Stäubchen trafen das Bett. Sie wandte sich dem Mann zu, der schweigend und rauchend neben ihr lag und auf die Decke sah. Plötzlich fühlte sie sich mißbraucht und beleidigt. Der alte Mädchentraum fiel ihr ein, vom Ungeheuer, das erlöst werden muß. Es schien aber Ungeheuer zu geben, die ihre Erlöserin auffraßen und sich dabei wohlbefanden. Aber wie konnte sie sich derartigen Träumen hingeben, wenn sie Lenart doch nicht liebte. Des Grübelns überdrüssig, setzte sie sich auf und begann sich anzuziehen.

Die Welt verwandelte sich. Bis dahin hatte Elisabeth sich als ihr Mittelpunkt gefühlt, ihr Glück war das einzig wahre und ihr Kummer der tiefste, und im innersten Herzen war sie davon überzeugt gewesen, jeder müsse sie lieben, wenn sie es nur wünschte. Lenart aber liebte sie nicht, und sie versuchte sich darüber hinwegzutrösten, indem sie sich sagte, sie mache ja keine Anstrengungen, ihn dazu zu bewegen.

Aber der furchtbare Verdacht kam immer wieder zurück, daß sie einfach nicht dazu imstande war, ihm Liebe einzuflößen, ja daß es darüber hinaus eine ganze Menge Menschen geben mochte, die sie einfach nicht lieben wollten. Je länger sie darüber nachdachte, desto klarer wurde ihr, daß sie ganz allein war und ihr Glück oder Unglück keinerlei Bedeutung besaß in einer Welt, in der jedermann einzig und allein mit seinem eigenen Glück oder Unglück beschäftigt war.

Damit erwachte sie aus einem tiefen Schlaf und streifte endgültig die Mädchentraumwelt ab. Sie erinnerte sich jetzt, auch schon als Kind einmal gewußt zu haben, daß sie allein und allen Mächten ausgesetzt war, aber diese Erkenntnis, zu schwer und zu bitter für ein Kind, hatte sie zu verscharren und zu vergessen gesucht. Jetzt war der Hügel weggeräumt, das Grab erbrochen, und das vergessen geglaubte Entsetzen stieg daraus auf. In diese neue Welt paßte die zärtliche Verspieltheit ihrer jungen Ehe nicht mehr; die Verbindung mit Lenart gewann immer mehr Wirklichkeit.

Er tauchte jetzt auch in ihren Träumen auf. Es war übrigens immer ein und derselbe Traum, der sich in Variationen wiederholte. Sie irrte in öden, wilden Gegenden umher, besessen von dem Gedanken, ihn zu finden, oder eigentlich eher mit dem strengen Auftrag, ihn zurückzubringen. Dabei hatte sie Steinblöcke zu erklettern, Drahtverhaue zu überwinden und Sümpfe zu überqueren, aber sie fand ihn niemals und erwachte nach unsäglichen Mühen, in Schweiß gebadet und voll Entsetzen darüber, den Auftrag nicht erfüllt zu haben.

Erst der gleichmäßige Atem Tonis und die Wärme seines Körpers vermochten sie zu beruhigen und wieder einzuschläfern.

Anfang Juli lud Toni Lenart auf eine Woche ein, und zu Elisabeths Entrüstung nahm er die Einladung an. Während dieser Woche unternahm er aber nicht den leisesten Versuch, sich ihr zu nähern, und zeigte sich überhaupt von einer so liebenswürdigen Seite, daß Toni ihn nicht genug rühmen konnte. Elisabeth schwieg bestürzt zu diesen Tiraden und wagte nicht, ihrem Mann ins Gesicht zu schauen. Auffallend war, wie der kleine Toni die Nähe des Gastes suchte. Lenart, der nicht an den Umgang mit Kindern gewöhnt war, fand sich aber auch in dieser Rolle zurecht und zeigte nichts von der unbehaglichen Verlegenheit, die viele Menschen in derartiger Lage befällt.

Einmal kam Elisabeth ins Zimmer und fand Toni an

Lenarts Knien lehnen und mit offenem Mund, ganz gespannte Aufmerksamkeit, zu ihm aufsehen. Schließlich hob Lenart den Kleinen auf den Schoß, und Toni befeuchtete seinen kleinen Zeigefinger und fuhr damit über die Wange des Mannes.

So fasziniert schien er von dem dunklen Gesicht, daß es Elisabeth schien, sie selbst sitze dort, ganz und gar der Erforschung dieses fremden Lebens hingegeben. Der Gedanke an den Kummer und die endlosen Enttäuschungen, die diese Veranlagung ihrem Kind bringen mochte, trieb Tränen der Hilflosigkeit in ihre Augen. Haß erfüllte sie auf jene, die dieses Kind peinigen, verletzen und kränken würden, das Verlangen, sie alle zu schlagen oder zu töten, wurde so übermächtig, daß sie die Hände ineinanderkrampfen mußte. Lenart, der diese Bewegung und den drohenden Ausdruck ihrer Augen falsch verstehen mochte, stellte den Kleinen zu Boden und fing an, über die bezaubernde Aussicht ins Gebirge zu reden.

In der folgenden Nacht ging ein Gewitter nieder. Das Kind erwachte davon und kroch in Elisabeths Bett. Toni war aufgestanden und ins Wohnzimmer gegangen, um das Schauspiel zu beobachten. Schließlich ging auch Elisabeth, das Kind in eine Decke gewickelt, zu ihm hinüber. So saßen sie nun vor dem Fenster und sahen aus einem schwefelgelben Himmel graue Regengüsse über das Städtchen hinpeitschen. Der Kleine starrte aus weitoffenen Augen auf die weißen Blitze und drückte sich bei jedem Donnerschlag fest an die Mutter. Endlich ließ das Unwetter nach; nur noch ein dumpfes Murren grollte über dem Wald. Toni öffnete das Fenster.

Ein Schwall von Regenluft stürzte ins Zimmer und erfüllte es mit dem Geruch der nassen Wiesen und Obstbäume. Der kleine Toni schlief übergangslos ein, und Elisabeth lehnte sich gegen die Schulter ihres Gatten und sah schweigend in die dämmerige Regennacht.

Friede erfüllte sie, das sichere Wissen, an dem einzigen

Ort zu sein, an dem sie leben konnte, neben Toni, das Kind auf den Armen, die Umrisse der Berge vor Augen und das Rauschen des nächtlichen Regens im Ohr.

Alle Fragen der Welt schienen ihr mit einemmal gelöst und ganz bedeutungslos, nichts war wirklich als die Wärme und Geborgenheit ihres Beisammenseins.

Toni nahm ihre Hand, und sie spürte sein Blut stark an ihre Fingerspitzen pochen.

In diesem Augenblick kamen Schritte über den Gang, die Tür wurde geöffnet und das Licht angedreht. Elisabeth ließ Tonis Hand los, es war, als stürze sie in einen schwarzen Schacht. Toni stand auf und fing mit Lenart ein Gespräch an über Gewitter im allgemeinen und dieses Gewitter im besonderen.

Elisabeth vernahm die höfliche, ein wenig unpersönliche Stimme ihres Geliebten und wußte, daß sie sich einer Täuschung hingegeben hatte. Nie wieder konnte sie in ihr altes Leben zurück; die Tür war zugefallen, und keine Macht der Welt konnte sie wieder auftun für sie. Selbst wenn ihr Verhältnis zu Lenart ein Ende nehmen würde, sobald nämlich ihr Körper anfing, ihn zu langweilen, konnte sie nicht mehr zurück. Sie dachte an gewisse Frauen in ihrem Bekanntenkreis, die ihre Liebhaber ständig wechselten, und fürchtete einen Augenblick lang, eine von ihnen zu werden, aber sie wußte, daß sie nicht einmal das fertigbrächte. Sie sah nichts vor sich als eine Reihe von Jahren, die sie in einem nutzlosen, leeren und nichtswürdigen Leben verbrachte. Das ruhig atmende Kind auf den Knien, blieb sie vor dem geöffneten Fenster sitzen, und das Gewisper des nassen Laubes vermengte sich in ihrem Ohr mit den hohen Tönen der Verzweiflung.

An einem der folgenden Tage reiste Lenart ab, um eine Woche in Italien zu verbringen.

Auch Toni fand, er könne sich ein wenig Erholung gönnen, und fuhr mit Elisabeth ins Gebirge.

Sosehr Elisabeth sich früher über gemeinsame Reisen

gefreut hatte, sosehr fürchtete sie sich jetzt davor. In der vertrauten und ausgleichenden Atmosphäre des Hauses, noch dazu bei Tonis seltener Anwesenheit, war es leichter gewesen, die Veränderung, die sich in ihr vollzog, zu verbergen. Hier in der Stille ihres Zimmers und auf den Spaziergängen zu zweit waren sie ganz aufeinander angewiesen. Diese Idylle in einem ländlichen Gasthof, mit Hühnergegacker vor dem Fenster und dem blauen Fleck Himmel über dem Wald, schien ihr plötzlich quälend wie ein billiges Theaterstück.

Sie bemühte sich, so zu Toni zu sein, wie sie im vergangenen Jahr gewesen war, aber da er einmal aus seiner Welt der Zahlen aufgetaucht war, schien er zu ahnen, daß etwas sich geändert hatte. Wenn sie Hand in Hand durch den Wald gingen, verdunkelten sich Elisabeths Augen manchmal, sie fühlte sich elend und vergiftet und mußte Tonis Blick ausweichen. »Bist du krank?« sagte er ungeduldig. Elisabeth versicherte, es sei nur die Gebirgsluft, die ihr zu schaffen mache. Aber Toni bemerkte trocken, daß eben diese Luft ihr im vergangenen Jahr besonders gutgetan habe. Sie schwiegen, dann löste Toni die Hand aus der ihren; ganz unbewußt hatte sich diese Trennung vollzogen, und noch vor einem Jahr wäre sie Elisabeth nicht einmal aufgefallen. Schließlich konnten sie ja nicht den ganzen Tag Hand in Hand gehen. Aber nun gewann jedes Wort, jede Bewegung eine doppelte Bedeutung.

Die Woche verlief bei schönem Wetter entsetzlich langsam. Selbst die Natur schien sich gegen sie verschworen zu haben, um sie mit den alten Zauberkünsten einzufangen. Aber Elisabeth schloß die Augen vor dieser Schönheit und wünschte sich weit fort in das düstere Hotelzimmer und in Lenarts Arme, die ihr weh taten.

Das Märchen vom Mann ohne Herz fiel ihr ein, und sie dachte, ihm müsse so ähnlich zumute gewesen sein, wenn er aus dem Fenster seines Holzhauses auf den Wald und die nickenden Himbeerstauden sah, während sein Herz ganz woanders als gefangener Vogel in den Händen des räuberischen Burschen zuckte.

Sie dachte lange über das Märchen nach und erinnerte sich des glänzenden gelben Papiers, des altmodischen Drucks und des Gefühls, daß dieses Buch eigentlich kein Buch, sondern eine Landschaft sei. Man schlug den Deckel auf wie eine Gartentür, trat hinein und begab sich in die Gesellschaft von Menschenfressern, Hexen, Zauberern, verwunschenen Kindern und Gespenstern. Und wenn man sich genug gefürchtet hatte, trat man durch dasselbe Pförtchen zurück in die Wirklichkeit.

Aber mit einemmal war die Wirklichkeit nicht mehr vertraut und harmlos, sondern eine Märchenwelt von gigantischem Ausmaß; wer ihr entkommen wollte, mußte es mit dem Leben bezahlen. Und selbst dann war es nicht sicher, ob man sich nicht in einer weitaus gewaltigeren und wilderen Landschaft wiederfand, um unvergleichlich härteren Prüfungen und Schrecken ausgesetzt zu sein.

Und wohin führte die Tür aus diesem Land? War das die Ewigkeit: die unaufhörliche, gesteigerte Wiederholung der alten Kinderängste.

Elisabeth fror auf dem nadelbesäten Waldweg und faßte nach Tonis Hand. Er zog sie leicht an sich und küßte sie rasch auf die Stirn. Aneinandergelehnt blieben sie eine Weile stehen, und Elisabeth sah die dünnen weißen Sonnenpfeile durch die Zweige schießen und durch ein glitzerndes Spinnennetz einen Streifen blauester Bläue.

Tonis Herz schlug gegen ihren Hals, und einen Augenblick lang glaubte sie, es sei ihr eigenes Herz. Schon einmal hatte es das gegeben, als sie als kleines Mädchen mit einem Kind aus der Nachbarschaft unter der Nähmaschine gehockt war. Auch damals hatte das kleine, fremde Herz in der Dunkelheit gepocht wie ihr eigenes.

Die restlichen Urlaubstage waren in seltsame Abschiedsstimmung getaucht. Toni sagte, er habe sich noch nie so schwer von dem kleinen Dorf getrennt wie in diesem Jahr, und Elisabeth, die seine ruhigen braunen Augen auf sich gerichtet fühlte, wußte, daß sie nie wieder an diesen Ort zurückkehren würde.

Nach ihrer Heimkehr, in der Wiedersehensfreude mit dem Kind, und da Lenart nichts von sich hören ließ, schien es ihr fast, als habe sie die Nachmittage im Hotel nur geträumt und könne sie vergessen, wie man einen Traum vergißt. Sie befaßte sich viel mit dem Kleinen und entwickelte im Haus eine fieberhafte Tätigkeit, die Anna mit gerunzelten Brauen hinnahm. Am Abend nahm sie Schlafpulver und ging tagsüber leicht betäubt, aber ohne Schmerz und Wissen, im Haus umher.

Dann kam Lenart auf der Rückreise durch und bestellte sie für den übernächsten Tag in die Stadt.

Und Elisabeth kam. An jenem Nachmittag wurde ihr klar, was sie, außer ihrer anfänglichen Neugierde, zu Lenart trieb. In seinen Armen gelang es ihr, sich selbst vollkommen zu vergessen. Dunkelheit umfing sie, irgendwo lag ihr Körper, von dem sie sich gelöst hatte, auf einem fremden Bett unter dem Gewicht eines fremden Mannes, während sie schwerelos und glückselig in einer großen Stille dahinstarb.

Mit dem Bewußtsein kehrte auch die Verzweiflung zurück, die immer ein wenig höher stieg, noch eine Spur und wieder eine Spur, bis sie eine gewisse Grenze erreichen mußte. Elisabeth fürchtete sich vor diesem Augenblick, der jeden Tag sein konnte und eine gewaltsame Lösung bringen mußte. Sie konnte sich keinerlei Vorstellung von dieser Lösung machen und wartete auf irgend etwas, das sie als ein Schlag aus der Dunkelheit überfallen werde.

Sie lebte den ganzen Winter hindurch in zwei Welten, bei Toni und dem Kind in ihrem behaglichen Heim und in einem Hotelzimmer mit Lenart. Und diese beiden Welten, die sie bis dahin klar zu trennen vermocht hatte, fingen an, zu einer abscheulichen, monströsen Vermischung ineinanderzufließen.

Sie war wie auf Draht gezogen, innerlich zitternd und bereit, in rasche, nervöse Tränen auszubrechen. Manchmal haßte sie beide Männer, die so ruhig und ungerührt ihren Geschäften nachgingen und nicht sahen oder nicht sehen wollten, was mit ihr geschah.

In diesem Winter fing sie an, sich Gedanken über fremde Leute zu machen. Es gab kein Innen und kein Außen mehr, keine Grenze, die sie von den Bettlern und schmutzigen Gassenkindern trennte. Elisabeth war durchlässig geworden, und alle Welt durchströmte sie. Es war, als hätten sich ihr Fleisch und ihre Knochen in Flüssigkeit aufgelöst, die, vom leisesten Anhauch berührt, sich kräuselte, kleine Wellen schlug und langsam wieder verebbte.

Manchmal, ohne jeden ersichtlichen Anlaß, spürte sie in der Brust ein Brennen und Feuchtigkeit unter den Lidern. Dieser völlig unpersönliche Schmerz war etwas Neues für sie. Eine winzige Spur der großen Menschenqual Millionen Lebender, Toter und noch Ungeborener durchzuckte sie dann und ließ sie vergessen, daß sie Elisabeth war, eine Person, von deren Einmaligkeit sie bis dahin fest überzeugt gewesen war.

Eines Tages schien selbst Toni etwas zu merken und brachte ihr Eisenwein, Vitamine und Biomalz nach Hause. Elisabeth schluckte alles und verdarb sich den Magen, und Toni war überzeugt davon, für sie getan zu haben, was man tun konnte, und begab sich beruhigt hinter einen Vorhang aus Zeitungen, der ihn so angenehm vor dem Leben schützte.

Bald darauf fand Elisabeth, daß ihr Gesicht sich änderte. Die Bildung des Knochens zeichnete sich deutlicher unter dem zarten Fleisch ab, sie hörte auf, wie ein Kind auszusehen, ihre Augen wurden größer, und der Mund senkte sich in den Winkeln.

Einige von Tonis Bekannten fingen an, ihr den Hof zu machen, und sie erschrak darüber und fürchtete, ihr Verhältnis zu Lenart sei bekanntgeworden, und die Männer in ihrer seltsamen Logik dächten, eine Frau, die sich einem Mann hingab, sei für alle zu haben. Sie zog sich fast ganz zurück und ging kaum noch auf die Straße. Höschen und Jäckchen für das Kind strickend, verbrachte sie ihre Tage. Und manchmal legte sie das Strickzeug beiseite und fuhr in die Stadt, wo Lenart sie erwartete.

Zwischen ihnen hatte sich eine seltsame Vertrautheit entwickelt. Elisabeth wußte nicht, wie Lenart in Wahrheit über das Leben dachte, aber sie wußte alles über seinen Körper. Diese Vertrautheit hatte einen unwiderstehlichen Reiz. Lenart war völlig nackt vor ihr, nackter als sie selbst, die nicht wie er dem Trieb ausgesetzt war. Sie sprachen niemals über diese Dinge, und Elisabeth fing an zu begreifen, daß ein Mann, der zeitweilig so völlig die Herrschaft über sich verlor, diese Tatsache als demütigend empfinden mochte, als eine sich ständig wiederholende Niederlage.

Niemals erinnerte sie ihn an irgend etwas, was er in diesem Zustand zu ihr sagte, so wie man einen Betrunkenen später nicht daran mahnt, daß er einem ewige Freundschaft geschworen hat. Es gab Augenblicke, in denen sie eine Art Dankbarkeit an ihm zu entdecken glaubte, die er geflissentlich unter unverbindlichem Geplauder verbarg.

Eine Zeitlang hoffte sie sogar, sich mit ihm aussprechen zu können, aber bald erschien ihr diese Hoffnung wieder ganz irrsinnig. Ebensogut konnte sie sich mit einer Lawine aussprechen, die im Begriff war, sie zu verschütten.

Und es gab auch die Augenblicke der Schwäche, in denen sie nichts wünschte, als diesem fremden Mann blind vertrauen zu können, alles, was es vor ihm gegeben hatte, zu vergessen, um endlich erlöst als neue und ganze Elisabeth auferstehen zu können.

Aber ihr Kopf war nicht durch Wünsche und Gefühle zu bestechen, er sagte ihr klar und deutlich, daß sie die verlorengegangene Einheit nie mehr finden werde, ja, daß der Zwiespalt in ihr selbst stak und sie sich anders niemals in eine derartige Situation begeben hätte.

Dann lag sie niedergeschlagen an Lenarts Seite, sah dem Rauch seiner Zigarette nach und wünschte einzuschlafen und nie mehr erwachen zu müssen.

Zwei Stunden später saß sie in ihrem gemütlichen Wohnzimmer und ließ die blaue Wolle durch die Finger laufen, während Toni die Abendnachrichten hörte. Ihr Körper war ein Gegenstand, der gar nichts mit ihr zu tun hatte, ein taubes und mißhandeltes Stück Fleisch.

An diesen Winterabenden erfüllte sie manchmal eine seltsame Ruhe, als habe sie mit dem Leben abgeschlossen und nichts mehr zu befürchten. Die früheren Ängste des Entdecktwerdens waren ganz in den Hintergrund getreten. Sie wußte, daß sie zur gegebenen Zeit bezahlen mußte, und sie begriff jetzt, daß für einen gläubigen Sünder die Vorstellung der Hölle eine unendliche Befriedigung bedeuten mochte, denn diese Vorstellung erst machte es ihm möglich, ganz in die Tiefe der Sünde hinabzutauchen.

Für Toni mochte der Winter ganz anders aussehen, alltäglicher und nüchtern. Das Geschäft ging nicht ganz so gut, wie es hätte gehen sollen, aber die Lage war immer noch beruhigend. Daheim wenigstens war alles in Ordnung, der Stammhalter gedieh, und Elisabeth, die im vergangenen Jahr manchmal gereizt und streitsüchtig gewesen war, schien wieder in besserer Verfassung zu sein, jedenfalls war sie jetzt stiller und friedlicher als je zuvor. Eine Entwicklung, die Toni, der seine Bequemlichkeit liebte, nur begrüßen konnte. Ein zweites Kind wäre vielleicht gut gewesen, aber Kinder brachten Unruhe, Geschrei und später Erbschaftsschwierigkeiten mit sich. Das Vermögen sollte seinem Sohn einmal ungeschmälert zufallen. Die gelbe Lampe brannte, das Radio spielte, und ein Stapel Zeitungen lag bereit, ihn die Sorgen und Mühen des Tages vergessen zu lassen.

Betty spürte Bitterkeit im Mund und konnte nicht schlucken. Sie griff im Dunkeln nach dem Glas und schüttete ungeschickt das kalte Wasser in den Ausschnitt ihrer Jacke. Ein leiser Laut des Schreckens entfuhr ihr, dann trank sie das Glas leer.

Während die Nässe auf ihrer Brust sich langsam an ihrer Haut erwärmte und zu dunsten anfing, dachte sie an den Frühling 1933.

Am Beginn dieses Frühlings stand das Erlebnis mit dem großen Hund. Lenart hatte aus Sicherheitsgründen sein Absteigquartier in die Vorstadt verlegt, in eine Gegend, von der zu hoffen war, daß keiner ihrer gemeinsamen Bekannten sie aufsuchen werde. Dieses Zimmer war noch ungemütlicher als das frühere und strahlte geradezu Kälte aus, aber eben das schien zu ihrem Verhältnis zu passen.

Eines Tages war Lenart verhindert, sie abzuholen, oder hatte er sie verfehlt, jedenfalls verirrte sich Elisabeth in dem fremden Stadtteil und fand sich plötzlich in einer ganz unbekannten Gegend.

Eine öde Fläche breitete sich vor ihr aus, die einmal mit Wäldern und Wiesen bedeckt gewesen sein mochte; es lag ein wenig Schnee, rußig und rötlich vom Rauch der nahen Fabrik und zerstört von Fußtapfen und Wagenspuren. Am Rand dieser unverbauten Fläche standen Siedlungshäuser und Baracken. In einer großen Grube am Wegrand lag ein halbverschneiter Abfallhaufen, aus dem neben Kartoffelschalen, Papier und leeren Konservendosen auch zwei alte Wagenreifen herausragten.

Das Ganze machte einen armseligen und trostlosen Eindruck. Ein paar Gartenzäune grenzten kleine Landstücke ab, aber diese Zäune waren nicht aus Holz, sondern aus schlampig verwirrtem Stacheldraht und rostigen Eisenbändern. Dazwischen stand ein kleines, halbverfallenes Häuschen, mit Schindeln gedeckt, ein Überbleibsel aus der Zeit, in der es hier noch Felder und kleine Bauern gegeben hatte. Das kleine Haus sah aus, als fürchte es sich entsetzlich in der zerstörten Landschaft und tue alles, um rasch und ohne Aufenthalt in die Erde zu versinken und zu verfallen. Denn die Erde unter den menschlichen Fußspuren, unter Blechgerümpel und schmutzigem Schnee mußte ja noch immer leben. Es ging nichts unter ihre Haut. Ein vorübergehender Ausschlag, eine Art Krätze etwa, hatte sie befallen, das war alles.

Elisabeth, ganz in Gedanken versunken, ertappte sich dabei, daß sie plötzlich nicht wußte, was sie hier suchte. Dann erinnerte sie sich aber sogleich des Zweckes ihres Weges, aber ihre Zweifel wurden, je länger sie ging, immer stärker. Endlich schien es ihr ganz unwahrscheinlich, daß dort drüben in einem der großen, häßlichen Häuser ein Mann auf sie warten sollte. Denn dann hätte sie ja ebensogut mit der Straßenbahn fahren können und wäre niemals in diese Ödnis gelangt. Es war überhaupt ganz ungewiß, ob sie jemals dorthin gelangen würde, in Straßen, die von Menschen bewohnt waren, wo es Trafiken gab und Lebensmittelläden.

Man hatte sie zu einem bestimmten Zweck hierhergelockt, unter dem Vorwand, sie müsse sich mit Lenart treffen, ja, möglicherweise war Lenart sogar an dieser Verschwörung beteiligt.

Die ganze Gegend war unwirklich durch ihr Zwittertum und verlor von Sekunde zu Sekunde noch an Wirklichkeit. Plötzlich glaubte sie einen riesigen alten Mann zu sehen, der, auf graue Wolken gestützt, schlief und träumte. Und das war sein Traum: eine winzige Figur, die über ein ödes Stück Land ging.

Sie erschrak ein wenig und schüttelte unwillig den Kopf. Aber selbst die Berührung ihres Haares auf den Wangen konnte sie nicht ganz wecken.

Dann erblickte sie vor sich auf einem flachen Hügel einen schwarz-gelb gefleckten Wolfshund, der ihr ruhig entgegensah.

In diesem Augenblick geschah etwas Unbegreifliches.

Elisabeth war plötzlich der erste Mensch, der sich nackt und hilflos einer zahn- und krallenbewehrten Bestie gegenüber sah. Ihre Knie gaben nach, die Zunge klebte ihr am Gaumen.

Der Hund bewegte sich nicht und sah sie aus gelben Wolfslichtern an.

Ohne zu wissen, was sie tat, setzte sie einen Fuß vor den andern. Im nächsten Augenblick glaubte sie aufs Gesicht zu stürzen und den hechelnden, heißen Atem des Tieres im Nacken zu spüren. Aber auch das ging vorüber. Ihr Herz schlug in kleinen, glucksenden Sprüngen, und ihre Beine trugen sie aus der Gefahr.

Als sie in die Nähe der Häuser kam, wandte sie sich um. Der Hund stand noch immer regungslos vor dem grauen Himmel, und sie starrte ihn hingerissen an als den Herrn dieser Einöde. Sie setzte sich an den Straßenrand und fing an zu weinen. Der kalte Schweiß rann über ihre Schläfen und vermischte sich mit den Tränen. In die unsagbare Erleichterung, gerettet zu sein, mischte sich heimliche Enttäuschung darüber, nicht den tödlichen Biß im Nacken gespürt zu haben.

Sie wünschte, so sitzenzubleiben, bis jemand sie finden und wegtragen werde. Aber schon kehrte die verlorengegangene Vernunft zurück. Elisabeth stand auf, fand ihren Mantel naß und beschmutzt und begriff nicht, was eigentlich geschehen war.

Wie sie endlich doch zu Lenart gekommen und was sich weiter ereignet hatte, wußte Betty nicht mehr. Jedenfalls hatte sie nichts von ihrer Begegnung erzählt, wenn sie es aber getan hätte, so hätte er gewiß nicht über sie gelächelt, sondern ihr höflich und scheinbar aufmerksam gelauscht, mit keiner Miene seine Gedanken verratend.

Elisabeth aber konnte nie mehr einen Hund heulen hören, ohne daß sich die feinen Haare an ihren Armen und Beinen sträubten.

In diesem Augenblick ging der Mond auf und warf sein kaltes Licht ins Zimmer. Die Schatten der Bäume waren tintenschwarz, und Betty wußte, daß Tau gefallen war.

Immer war es ihre Sehnsucht gewesen, nachts im Freien umherzustreifen, aber solange sie hier gelebt hatte, war es ihr nie gelungen. Die Vorstellung, daß man sie dabei beobachten hätte können, war ihr so zuwider, daß sie sich darauf beschränkte, aus dem Fenster zu sehen. Später, als sie allein war, gab sie diesem Verlangen nach und streifte, wie sie es immer erträumt hatte, durch die nächtlichen Gärten und Gehölze, und jedesmal kehrte sie mit dem Geschmack der Enttäuschung im Mund davon zurück.

Nicht, daß die Wirklichkeit schwächer gewesen wäre als ihre Vorstellungskraft, der Grund zu dieser Enttäuschung lag in ihrer beschränkten Aufnahmefähigkeit.

Nur ein Wesen von riesenhaften Ausmaßen konnte, so schien es ihr, diese Nächte ertragen, die wilden Gerüche, den Wind, der im Laub raschelte, den Sternenhimmel mit seiner blendenden Kälte und die plötzliche, lautlose Erstarrung, ehe der Tau fiel, das Aufstehen des Morgenwindes, der scharf über die Gräser fuhr und die feinen Nebel hochjagte. Dafür war Betty zu klein, ihre Sinne nicht scharf genug und ihr Herz zu schwach. So kam es, daß sie nicht Glück heimtrug, sondern Traurigkeit.

Hinter den schwarzen Bällen der Apfelbäume aber kauerte das große Nachtgeschöpf und ließ, naß vom Tau und einer gewaltigen Lust hingegeben, seinen Atem über den Garten strömen, bis er an Bettys Stirn rührte und sie erschauerte.

Betty zog die Vorhänge zu und ging zum Bett zurück. Das Mondlicht lag auf ihrem Gesicht, und sie wußte, daß an Schlaf nicht zu denken war. Lang ausgestreckt, die Arme unter dem Kopf verschränkt, lag sie und erinnerte sich der letzten Monate ihres Lebens in diesem Haus.

Der Maitag fiel ihr ein, an dem sie Toni erzählte, sie wolle eine Freundin auf dem Land besuchen.

Sie fuhr mit Lenart in ein Dorf, wo sie nicht fürchten mußte, einen ihrer Bekannten zu treffen, aber es zeigte sich, daß er nicht der Mensch war, mit dem man sich in die Einsamkeit zurückziehen konnte.

Allein mit ihm in dem großen bäuerlichen Schlafzimmer, fühlte sie sich plötzlich eingeschüchtert und verloren. Alles war ungewohnt und beunruhigend, und sie stellte sich am ersten Abend schlafend, um ihre Fassung einigermaßen zurückzugewinnen.

Aber schon am nächsten Morgen verlief alles, wie es immer gewesen war. Das Wetter war kühl und trüb, und sie schlief erschöpft bis in den Vormittag hinein, während er, der wenig Schlaf brauchte, das Dorf besichtigte.

So vergingen die ersten drei Tage, und Elisabeth fing an, schlecht auszusehen und sich unbehaglich zu fühlen. Sie stellte fest, daß sie Lenart nur stundenweise ertragen konnte. Das ständige Zusammensein mit ihm zerrte an ihren Nerven. Es genügte schon, wenn er ganz ruhig dasaß, um das Zimmer so mit seiner Gegenwart zu erfüllen, daß jeder andere Mensch davon erdrückt wurde.

Am vierten Tag endlich schien die Sonne, und Elisabeth ging allein spazieren, froh, seiner Gesellschaft für einige Stunden entronnen zu sein. Sie wanderte einen Bach entlang, der aus seinen Ufern getreten war, unter dem jungen Laub der Obstbäume und einem Himmel von zartestem Seidenblau.

Ihre Hand streifte weiße, schierlingähnliche Dolden, und der Wind trocknete die Feuchtigkeit unter ihren Lidern.

Das ganze Tal war von der schmerzenden Süßigkeit des späten Frühlings, aber es vermochte nicht, ihr Herz zu rühren. Eine unsichtbare Wand hatte sich zwischen sie und alle Dinge geschoben und ließ ihre Sinne ertauben. Sie wartete darauf, daß das alte Entzücken sich einstellen werde, als es aber nicht geschah, gab sie es auf und trottete mit gesenktem Kopf dahin.

Einmal erregte eine kleine Anemone ihre Aufmerksamkeit; sie kniete nieder und berührte die weißgrüne Blüte mit den Lippen, aber sie empfand nichts dabei, ja es schien ihr sogar, als entziehe sich die Blume sanft und bestimmt der Berührung ihres heißen Mundes.

Bekümmert stand sie auf und wandte sich zum Gasthof zurück. Später, als der Kirchturm in Sicht kam, sah sie, daß sie zwei Stunden ausgeblieben war, und konnte sich nicht besinnen, wie sie diese Zeit verbracht hatte. Es schien ihr plötzlich, als seien die letzten vier Jahre auf eben diese Weise vergangen, in lautloser, unheimlicher Eile, immerfort Kraft aus ihren Poren saugend, um sie endlich leer und beraubt zurückzulassen. Elisabeth fürchtete sich.

Als sie ins Zimmer trat, stand Lenart am Fenster und schien auf sie gewartet zu haben. Wahrscheinlich war er verärgert über ihr langes Ausbleiben und zeigte sich besonders höflich. Sie hätte viel darum gegeben, wenn er ihr Vorwürfe gemacht hätte, aber das tat er niemals. Immer blieb er vollkommen korrekt und kühl, außer in der Zeit, in der er das genaue Gegenteil davon war.

An diesem Abend blieb Elisabeth möglichst lange auf

dem kleinen Holzbalkon sitzen; sie hoffte, Lenart werde früher als sie zu Bett gehen und vor ihr einschlafen. Schließlich aber wurde sie zu müde und, schon im Halbschlaf im Bett liegend, hörte sie ihn am Waschtisch hantieren, und eine unerklärliche Zuversicht erfüllte sie.

Sie war fast eingeschlafen, als sie plötzlich seine Hand am Hals spürte. Während sich der gewohnte Mechanismus vollzog, spürte sie sogar eine gewisse Schadenfreude darüber, daß ihre törichte Hoffnung jetzt zerstört wurde. Von einer tödlichen Müdigkeit überwältigt, schlief sie ein, noch ehe Lenart von ihr abließ, denn am Morgen konnte sie sich von einem gewissen Moment an nicht erinnern, was geschehen war.

Es war noch sehr früh, als sie erwachte. Sie setzte sich auf und sah auf das Gesicht an ihrer Seite nieder. Wie eine Mondlandschaft lag es vor ihr, so fremd, als habe sie es nie zuvor wirklich gesehen. Die Haut war unter der flüchtigen Bräune im ersten Tageslicht bleigrau, die Winkel des großen Mundes erschlafft und die Lider verschwollen.

Mitleid mit diesem verwüsteten Gesicht überfiel sie, das so nackt vor ihr lag. Sie sah plötzlich sehr deutlich, wie es in zehn oder zwanzig Jahren aussehen mochte.

Dann fiel ihr die violette Hyazinthe ein, die jemand ihr zum Geburtstag geschenkt hatte.

Noch einmal stand sie vor der feuchtblauen Blüte und roch den erregenden Duft, ganz verloren an diese gewalttätige Schönheit. Nach drei Tagen wurden die glänzenden Blumenblätter matter, und auch der Duft wurde schwächer. Am fünften Tag plötzlich, gegen Abend, strömte die Hyazinthe einen so wilden Geruch aus, daß man die Fenster aufreißen mußte. Die Spitzen der blauen Blüten bogen sich in schamlosem Todeskampf zurück, und aus ihrer Mitte kam dieser süße und verzweifelte Geruch, der langsam zum Gestank des Todes wurde. Eine Stunde später stand die Blume welk und erschlafft, und Elisabeth trug sie aus dem Zimmer.

An die sterbende Hyazinthe erinnerte sie Lenarts Gesicht. Beide waren geprägt von einer rein animalischen Schönheit, die langsam vom Tod zerstört wurde.

Sie begriff jetzt, daß sie Lenart in der Tat nicht liebte, sondern einer Gewalt verfallen war, die ihn als ihr Werkzeug gebrauchte. Deshalb gab es auch keine persönlichen Beziehungen zwischen ihnen, keine Kosenamen oder Anspielungen, Geschenke oder Zärtlichkeiten, nichts von allem, was die Welt der Liebenden ausmacht. Es gab nur die endlose Reihe gleichförmiger Umarmungen und zwischen ihnen das konventionelle Gespräch zweier Menschen derselben Gesellschaftsschicht.

Ganz klar und wach erkannte sie in diesem Augenblick die entsetzliche Sklaverei, in der sie sich beide befanden. Sie wußte, daß sie sich befreien mußte von dieser Gewalt und daß sie ihren Körper, der daran verloren war, zerstören mußte, um wieder frei zu sein. Nach dieser Erleuchtung ließ sie sich in die Polster zurückfallen. Es gab nichts zu überlegen, sie mußte ihren Entschluß ausführen, ehe sie in den alten Zustand der dumpfen Betäubung zurückfiel.

Leise zog sie sich an und verließ das Haus. Auf einem schmalen Weg stieg sie nieder zum Fluß, der die Wiesen überschwemmt hatte. Die Weiden, die das Ufer säumten, standen heute bis zum Kopf im trüben Wasser, und ihre Blätter waren grau vom zurückgebliebenen Schlamm.

Elisabeth zog Schuhe und Strümpfe aus, stellte sie in die Wiese und stieg ins Wasser. Es war kälter, als sie erwartet hatte, und roch faulig und nach Fischen.

Langsam und ohne zu denken ging sie weiter. Als der Saum ihres Kleides naß wurde, zog sie auch das Kleid aus und warf es auf die Wiese zurück. Dann reichte ihr das Wasser bis zum halben Schenkel, und noch zwei Schritte weiter an den Leib. Die Kälte schnitt schmerzhaft in ihren Schoß, und sie mußte die Zähne aufeinanderbeißen, um weitergehen zu können.

Atemlos, bis an die Brust im Wasser stehend, erreichte sie eine der großen Weiden und lehnte sich gegen sie. Der weiche, unsichere Grund erfüllte sie plötzlich mit Abscheu und Entsetzen. Sie wußte, daß der nächste Schritt sie über das alte Ufer hinaus ins Grundlose tragen werde und daß sie endlich den Weidenstamm loslassen mußte.

Da spürte sie die schwache Berührung eines Blattes am Hals, und wilde Süßigkeit erfüllte sie bis in die Spitzen der Finger.

Gleichzeitig stieg aus dem verschlammten Gras unter ihren Füßen eine heimliche Wärme auf, lockend und unwiderstehlich, die zarte Wärme der festen Erde. Elisabeth wußte, daß sie niemals den nächsten Schritt tun konnte und daß sie lieber jede Erniedrigung auf sich nehmen als diese Wärme verlassen wollte.

Sie ließ die Weide los und ging langsam ans Land zurück. Der Wind preßte die nasse Wäsche gegen ihre Schenkel, aber sie lachte berauscht und glückselig. Kleine Wasserperlen glänzten auf ihrer Haut. Sie preßte den Mund auf die Armbeuge und spürte ihre heißen Lippen. In diesem Augenblick liebte sie sich besinnungslos; alles, was warm, jung und lebendig an ihr war, die glatte Haut, das zarte Fleisch darunter, die Wärme ihres Atems und den Geschmack des Speichels auf der Zunge. Noch immer leise lachend zog sie ihr Kleid, Strümpfe und Schuhe an.

Lenart saß im Gastgarten am Frühstückstisch und hatte sein Taggesicht aufgesetzt.

Plötzlich spürte Elisabeth Hunger und schickte sich an, ihren Körper, den sie noch vor einer Stunde zu vernichten entschlossen gewesen war, zärtlich zu füttern. Das Kleid klebte ihr feucht am Leib, ihre Knie zitterten von der ausgestandenen Todesangst, aber sie verschlang gierig zwei Eier und mehrere Schinkenbrote. Lenart, dem es nicht entging, der sich aber seine Verwunderung nicht anmerken ließ, zog die Brauen hoch und lächelte. Elisabeth legte den Löffel aus der Hand und sagte zu ihrer eigenen Überraschung: »Ich möchte heim.« Worauf Lenart bemerkte, er habe den Eindruck, das Klima tue ihr nicht gut.

Elisabeth hörte aber nicht auf ihn, sie dachte noch immer an das, was sie eben gesagt hatte, und begriff sich nicht, denn sie wollte keineswegs heim, sie wußte überhaupt nicht, wohin sie wollte, ratlos und verstört sah sie zu, wie Lenart das Ei köpfte.

Schließlich führten sie ein etwas wirres Gespräch über die verschiedenen Klimaarten, die in den verschiedenen Gegenden herrschten und die Lenart zum größten Teil zu kennen schien. Elisabeth stellte bei sich fest, daß es anscheinend auf dieser Erde kein geeignetes Klima für sie gab, und dieser Umstand trieb ihr zu ihrer größten Verwunderung Tränen in die Augen.

Am Nachmittag gingen sie zum Fluß hinunter und sahen, an eine der rohen Holzstangen gelehnt, die die Weide begrenzten, auf die im Sonnenlicht rötlich glänzende Flut. Elisabeth erinnerte sich an den fauligen Geruch des Wassers, und ein Schauer lief über ihren Rücken. Lenart legte den Arm um sie und zog sie ein wenig näher. Diese Geste bei hellem Tageslicht war an ihm so ungewöhnlich, daß Elisabeth ein paar Minuten regungslos verharrte.

Ein Gefühl des Triumphes ließ sie rascher atmen, erlosch aber sogleich wieder: die Vorstellung, Lenart könne anfangen, sie zu lieben, war beklemmend und furchteinflößend. Mit einemmal wußte sie, daß sie in Wahrheit nie gewünscht hatte, geliebt zu werden. Sie selbst konnte nur lieben, was für sie schwierig und unerreichbar war und sich ihr immer wieder entzog. Es gab nichts Enttäuschenderes, als eine Aufgabe gelöst, eine Sehnsucht gestillt zu haben und plötzlich ohne Wunsch zu sein.

Am anderen Ufer, durch die Breite der überschwemmten Wiesen von ihnen getrennt, erstreckte sich ein Laubwald einen Höhenrücken hinauf. Elisabeth sah das Sonnenlicht auf der Blättermasse liegen und dachte an die dämmerigen Pfade, die hineinführten, endlose Pfade, ganz erfüllt vom Geflüster des Windes, dem Surren schillernder Fliegen und sanfter träger Wärme.

Sie rückte ein wenig von Lenart ab, und seine Hand glitt von ihrer Schulter.

Es war ihr, als halte man sie fest und hindere sie daran, in den großen, geheimnisvollen Wald einzudringen. Aber es war gar nicht jener Wald, den sie suchte, sie wollte überallhin, wo sie allein sein konnte, befreit von der Gewalt, die mit groben und sanften Fingern an ihr zerrte und sie täglich und stündlich überwältigte mit brutalem Schmerz, Verlangen und Zärtlichkeit.

Sie krampfte die Hände um die Stange und spürte die Nägel in das Holz dringen.

Und dann ertappte sie sich zum erstenmal bei dem Wunsch, Toni, Lenart und das Kind möchten tot sein und sie befreit von der unerträglichen Last des Gefühls.

Noch einmal fühlte Betty das Grauen, das dieser Entdeckung folgte. Es war mit schuld daran, daß sie nie wieder eine enge Bindung eingegangen war. Sooft Elisabeth in Zukunft das Kind in die Arme schloß, ließ der einmal gedachte Gedanke sie erstarren und zurückweichen.

Sie wurde scheu und unsicher und, obgleich sie heftiges Verlangen nach Zärtlichkeit quälte, war sie nicht mehr dazu fähig, ihm mit der früheren Unbefangenheit nachzugeben.

In diese Zeit fiel Käthes Besuch. Das Haus füllte sich plötzlich mit Wärme und Behaglichkeit, und Elisabeth suchte die Nähe der Freundin ebensosehr, wie sie es als Mädchen von Zeit zu Zeit getan hatte.

Nach drei Wochen war sie überflüssig geworden und lebte wie eine Fremde in ihrem Haus. Immer mehr ihrer täglichen Verrichtungen überließ sie Käthe, während sie ganz verloren irgendwo in einem leeren Zimmer im Kreis umherging, beängstigt von dem Wissen, daß der gefürchtete Zeitpunkt gekommen sei und sie handeln müsse.

Jeden Morgen, sie erwachte jetzt immer sehr früh, dachte sie wie eine Besessene an ihren Plan. Sie überlegte jede Einzelheit, verwarf sie wieder und fing von neuem an. Käthe fuhr weg, und Elisabeth, die notgedrungen ihre alten Pflichten wieder aufnehmen mußte, merkte mit Staunen, wie weit sie sich schon von diesen Dingen entfernt hatte.

Wie alle Leute, die, um die Tragweite ihrer Handlungen wissend, sich schwer entschließen, wenn sie aber einen Entschluß gefaßt haben, nicht von ihm abzubringen sind, handelte auch Elisabeth mit völliger Rücksichtslosigkeit.

An jenem Sommerabend, als sie, die Badetasche am Arm, ins Wohnzimmer trat, saß der kleine Toni auf dem Teppich und spielte mit seinen Bausteinen. Elisabeth sah ihn an, ohne ihn wirklich zu sehen, und hörte irgend etwas, das klang wie »Kommst du bald wieder, Mama?« Einen Augenblick lang war es, als zerre etwas sie am Kleid ins Zimmer zurück, und sie schloß rasch die Tür hinter sich.

Selbst in diesem Augenblick, in dem ihr Wahrnehmungsvermögen durch die entsetzliche Spannung und Starre herabgesetzt war, wußte sie, daß dieser Zustand der Gefühllosigkeit nicht anhalten werde, und dieser Gedanke hatte etwas Beruhigendes, so als werde durch die unausbleibliche Verzweiflung, die ihr bevorstand, die gestörte Ordnung wieder hergestellt.

Dann mußte sich alles so abgespielt haben, wie sie es berechnet hatte. Betty mühte sich sehr ab, aber von dem Augenblick an, als sie die Wohnzimmertür schloß, war jede Erinnerung erloschen. Sie nahm an, daß sie ihre Kleider am Fluß hinterlassen und im Gebüsch den Eintritt der Dunkelheit abgewartet hatte. Vielleicht hatte sie während dieser Zeit Steinchen gezählt oder nur vor sich hingestarrt und von Zeit zu Zeit eine der lästigen Stechmücken erschlagen, bis ihre Arme mit kleinen Blutflecken bedeckt waren.

Betty sah Elisabeth erst wieder im Speisewagen vor einer Tasse Kaffee sitzen. Nach der ungeheuren Willensanspannung fühlte sie weder Schmerz noch Freude, nur den wilden Hunger ihres Körpers. Sie aß drei oder vier Semmeln und wurde von plötzlicher Müdigkeit überfallen. Schlaftrunken ging sie in ihr Abteil und verkroch sich in eine Ecke.

Am Morgen bemerkte sie, daß ihr Gegenüber sie begehrlich anstarrte, und sie begriff, daß sie endlich allein war. Es gab keinen Vater, Gatten oder Freund, der sie schützen konnte. Sie saß nicht mehr im Schoß der Familie, eingesperrt, aber behütet und geliebt. Die Freiheit starrte ihr entgegen aus den kalten, lüsternen Augen dieses fremden Mannes.

Betty legte ihre Hand an die Wange, diese Hand, die aus einer weichen, warmen Mädchenpatsche zu einem Instrument aus Knochen und Sehnen geworden war, fleischlos fast und hart, und die nicht mehr die gerundete junge Wange spürte, sondern Knochen, von denen das zarte Fleisch dahingeschmolzen war.

Sie seufzte leise und bedrängt von den Bildern, die aus der Nacht auf sie zuschwammen: Betty in Tränen aufgelöst auf einem eisernen Bettgestell kniend und die Wanzen mit einer Zeitung zerdrückend, Verzweiflung und Zorn im Herzen; das blonde Kind in einem fremden Park, das »Mama« schrie mit einer Stimme, die sie kannte, Betty auf dem Operationstisch, das lustvolle Versinken in der Nacht... hier bin ich... nimm mich zurück... nimm mich... und das schluchzende Erwachen und Herausgezerrtwerden ins harte Tageslicht.

Die Kälte in den Nächten, die fünf Stiegen in den vierten Stock... und ich muß hier heraus, ich muß... ich muß... ein Männergesicht über dem ihren, fremd, fremd, Betty im Bett sitzend, allein mit ihrer Grippe, Aspirin und Halswickeln; die Nächte im Keller, Angstschweiß auf der Stirn und den Geschmack des Todes auf den Lippen, und Arbeit, Arbeit, Arbeit. Und immer wieder das gierige Lernen, der alte Drang, alles zu erfahren, zu erkennen und zu spüren.

»Geht weg«, sagte Betty energisch, und die Bilder verschwanden, aber jetzt waren es die Träume, die vor ihr aufstiegen, die nie zur Kenntnis genommen hatten, daß Elisabeth gestorben war.

Immer noch verbrachte sie ihre Nächte im Kloster oder sie vernahm die Stimme ihrer Mutter, die ihr befahl, die Schuhbänder fester zu schnüren und das Fenster zu schließen. Manchmal träumte sie auch, James Russel, ihr verstorbener Gatte, reiche ihr das Salzfaß über den Tisch und war plötzlich Toni, der sie aus freundlichen braunen Augen ansah.

Und mitten durch ihre Träume trippelte ein zweijähriges Kind und zog eine hölzerne Ente hinter sich her. Dieses Kind blieb ewig klein und hilflos und gab vor, sie zu brauchen. Sie suchte es auf verdunkelten Straßen und hielt es im Keller an sich gepreßt. Sein Gesicht glich mit den Jahren immer mehr den wächsernen Jesuskindern, es lächelte starr und süß mit blaßroten Lippen und lag regungslos in ihren Armen. Dann wußte Betty, daß sie es getötet hatte, und erwachte in ihrem großen, einsamen Bett mit einem schmerzhaften Druck auf der Brust.

In den Mond blickend, erkannte Betty die entsetzliche Treue, die sie ihrer Vergangenheit bewahrt hatte.

Sie dachte an Lenart, der, wie sie erfahren hatte, in Frankreich gefallen war, und erinnerte sich an die Befriedigung, die diese Nachricht in ihr ausgelöst hatte. Es war beruhigend, ihn tot zu wissen, auch Toni war tot und in

Sicherheit. Die beiden Männer ihres Lebens waren nun etwas, was man nicht ohne Abscheu hätte sehen können, und über kurz oder lang würde auch sie es sein. Und wieder ein wenig später, und sie waren alle drei auf ihr reinliches Knochengerüst reduziert, und auch das mußte zerfallen.

Dieser Gedanke war nicht mehr erschreckend. Sie hob die Linke mit der Rechten hoch und ließ sie auf die Decke zurückfallen. Die Hand war kalt, mager und, wie Betty wußte, mit feinen Runzeln wie mit Spinnweben bedeckt. Darunter lag das Sehnen- und Adergeflecht und wieder darunter, schön und zierlich, die Knochenhand. Sie lachte leise bei diesem Gedanken und spürte endlich die ersehnte Müdigkeit den Nacken heraufkriechen.

Während der Mond unterging, träumte Betty, sie sei auf der Suche nach etwas sehr Wichtigem. Sie tappte in der Dunkelheit zwischen seltsamen Ställen und Scheunen über einen Hof auf den Lichtschimmer zu, der aus einem blinden Fenster fiel. Die Hand auf der Türklinke, wußte sie plötzlich, daß sie das Langgesuchte gefunden hatte, und trat atemlos vor Freude über die Schwelle.

Hinter einem Berg blutiger Fleischstücke stand der große Schlächter, schweißglänzend und prächtig, und lächelte über sein blaues Messer hinweg vertraulich auf sie nieder.

11

Zum Frühstück erschien Mrs. Russel wieder mit der grünen Brille, und Toni fand, sie von der Seite betrachtend, daß sie bleich und übernächtig aussehe.

Ihre Anwesenheit wirkte ein wenig beklemmend auf ihn, der wie alle jungen Leute sich in Gegenwart kränklicher Personen unbehaglich fühlte.

Er hatte dann immer das Gefühl, man fordere etwas von ihm, was er nicht geben konnte, weil er es nicht besaß. Mrs. Russel, als ahne sie seine Gedanken, lehnte Käthes Aufforderung, länger zu bleiben, ab und erklärte, noch mit dem Mittagszug zurückfahren zu wollen. Sie bat Toni, sie in das Städtchen zu fahren und ihre Reisetasche auf dem Bahnhof zu deponieren.

Dort verabschiedete sie ihn und schlug sein Anerbieten, sie zu begleiten, mit der Begründung aus, daß es ihr Steckenpferd sei, allein auf Entdeckungsreisen zu gehen. Auf diese Behauptung hin wurde sie Toni plötzlich so sympathisch, daß es ihm fast wirklich leid tat, sich so rasch von ihr zu trennen. Sobald er aber wieder in seinem Wagen saß, vergaß er sie auf der Stelle. In angenehme Gedanken über den Winter in der Hauptstadt versunken, begann er leise vor sich hinzusummen.

Betty ging langsam vom Bahnhof zur Stadt zurück. Es war halb zehn Uhr, und ein rosiger Dunst lag über den Straßen. Selbst im Hochsommer gab es hier keine brütende Hitze. Die kühlere Luft vom Fluß und aus dem Gebirge strich immerzu über die Stadt hin.

Betty las die Ladenschilder, es standen ihr unbekannte Namen neben denen alteingesessener Familien. Einige Häuser waren durch Bombenangriffe zerstört und zum Teil schon wieder aufgebaut worden. Die Straße wurde aufgegraben, genau wie vor zwanzig Jahren, und noch immer gab es eine Unzahl streunender Hunde. Sie lungerten auf den Straßen umher, beschnüffelten die Randsteine und beschmutzten die schmalen Seitengäßchen. Alle waren sie ungepflegt, struppig und häßlich, aber zufrieden.

Ein alter Mann sah Betty streng an und bewegte unwillig die Lippen. Er ähnelte jemandem, dessen sie sich nicht entsinnen konnte, es mochte aber auch nur die Ähnlichkeit sein, die alle alten Männer auf der Welt verbindet. Irgend etwas schien ihm nicht zu gefallen und er spuckte, den Kopf schüttelnd, Betty genau vor die Füße.

Unbegreiflicherweise fühlte sie sich gekränkt; sie war übrigens nie imstande gewesen, Feindseligkeiten gelassen zu übersehen. Sie hatte sich dazu erzogen, Böses wie Gutes mit Gleichmut hinzunehmen, aber dieser Gleichmut reichte nicht unter ihre Haut. Ein unfreundliches Wort konnte sie immer noch in fassungsloses Staunen versetzen und ihr den ganzen Tag verderben.

Sie trat aus einer der schmutzigen Gassen auf den Marktplatz und schloß geblendet die Augen vor dem Licht, das von den hochgiebeligen Dächern auf die feuchtglänzenden Pflastersteine stürzte, auf die Buden und parkenden Autos.

Es war nicht ein bestimmter Platz, der vor ihr lag, sondern der Marktplatz aller kleinen Städte. Auch die Gesichter waren altvertraut und bekannt, die Hausfrauen, Bauern aus der Umgebung, halbwüchsigen Burschen und Kinder.

Betty atmete tief und roch den heiteren Geruch des Gemüsemarktes nach Petersilie, Kräutern und Schwämmen. Als junge Frau war sie immer gern durch das Gewühl des Marktes geschlendert, erregt von vielerlei Gerüchen, den Geschmack der betauten Früchte im Mund und von einer süßen Heiterkeit erfüllt, die sie zwang, leise vor sich hinzulachen.

Was sie plötzlich rührte, war aber nicht diese Erinnerung an Elisabeth, sondern der Anblick der bunten Gebirge aus Marillen, Pflaumen und Kirschen, die großen roten Hände der Marktfrauen, in die man am liebsten das Gesicht gedrückt hätte, und der alte Eisenschimmel, der vor einem Bauernwagen stand, den langen Schädel gesenkt und in der Sonne dösend.

Dankbarkeit und verwirrtes Entzücken erfüllten sie, weil sie der Duft und die Farbe des Lebens noch immer erzittern ließen wie vor zwanzig Jahren. Sie hatte die Brille abgenommen und blinzelte in die Sonne. Wie immer, wenn sie erregt oder glücklich war, überfiel sie das Verlangen, etwas zu tun, mitzuhelfen und nicht abseits zu stehen. Sie wollte Körbe heben, Krautköpfe schlichten, Schwämme ausbreiten und mit beiden Armen in das Marillengebirge fassen, ganz dem Genuß des Zupackens hingegeben. Aber sie streckte nur schüchtern die Hand aus und legte sie auf eine der rötlich glühenden Früchte.

Eine aufgeregte Wespe ließ sich auf ihrer Hand nieder. Betty bewegte sich nicht, sie sah, wie der schwarzgelbe Hinterleib zuckte, und spürte den Stachel in ihre Haut eindringen. Einen Augenblick lang schien auch der scharfe, glühende Stich noch Lust zu sein, eine Lust, die in Schmerz überging, der bis in ihr Herz drang.

Ihr Bewußtsein verschärfte sich zu durchsichtiger Klarheit. Während sie atemlos in der grellen Sonne stand, war plötzlich das Rätsel des Lebens gelöst, und die Lösung war so einfach, daß ein Kind sie hätte finden müssen. Dann hob der Atem ihre Brust, der Schmerz verebbte, und sie vergaß mit einem Schlag, was sie eben noch so deutlich gewußt hatte, und sah in das Gesicht eines kleinen Mädchens, das mit offenem Mund zu ihr aufsah.

Sie versuchte zu lächeln und nickte dem Kind zu. Die Kleine bewegte keine Wimper, und Betty glaubte in den strahlenden Iriskränzen um die schwarzen Pupillen zwei seltsame Blumen zu sehen. Sie wußte ungefähr, woraus die Augen des Kindes bestanden, und sie wußte um die Vergänglichkeit dieser wässerig-gallertartigen Materie, aber sie wußte auch, daß dieses Wissen nicht einmal an den äußersten Rand des Geheimnisses rührte.

Vorsichtig tupfte sie das Kind auf die kleine Nase, bis es sich aus seiner Erstarrung riß und wegrannte.

Betty trat in den Schatten der Häuser und trocknete den klebrigen Schweiß von der Stirn. Sie wußte, daß sie sich immerfort ein wenig zuviel zumutete, aber es war ihr ganz gleichgültig. Es gab keinen Menschen, für den es, in Wahrheit, wichtig war, daß sie lebte. In den letzten Jahren war sie immer scheuer geworden und hatte sich zurückgezogen, sobald sich jemand ernstlich an sie binden wollte.

Sie würde keine gebrochenen Herzen zurücklassen. Ihre Mutter war der einzige Mensch, der zu ihr gehörte. Aber für sie war sie immer noch die blühende junge Frau, als die sie gegangen war. Ihre Mutter hatte sich nicht sehr verändert, die blauen Augen schienen jetzt farbloser und das Haar schütterer, aber der Ausdruck des Gesichtes war derselbe geblieben; vielleicht schien es jetzt nach Eintritt der Alterstaubheit mehr nach innen zu horchen.

Was waren für ihre Mutter die zwanzig Jahre gewesen, die sie selbst ausgehöhlt und aufgefressen hatten. Eine Reihe gleichförmiger Tage, die Mahlzeiten immer zur selben Stunde, Besuche bei Toni, Geplauder mit Käthe, Betrachten der alten Photographien, die raschen Tränen des Alters – das war mein Lieserl, sehen Sie – und dann der milde Kaffee mit Biskuit, mit besserem Biskuit, das eine Stunde lang geschlagen wurde; der wöchentliche Friedhofsbesuch, das Gras wächst so schnell, ein bißchen Ausrupfen mit kraftlosen Fingern. Die Wurzeln blieben stecken und trieben beim nächsten Regen nach.

Und dann gibt es plötzlich Krieg, aber die Familie ist nicht wirklich betroffen, man muß nicht hungern, das Land ist zu nahe, und Käthe hat ihre Bauern. Ein paar

Angriffe auf die Stadt, Herzbeschwerden im Keller, Rheuma und Bronchialkatarrh. Der tägliche Wehrmachtbericht und das verständnislose Kopfschütteln über die veränderte Welt.

Und eines Tages kommt das Ende, und jeder hat jetzt gewußt, es wird so kommen, einige sind tot, ein paar andere ruiniert, und neue Leute sitzen im Stadtrat und haben dieselben Gesichter und Namen wie ihre Vorgänger.

Alles kommt langsam ins alte Geleise, die Witwen heiraten wieder, neue Kinder werden geboren, und was aufgewacht war, schlummert leise wieder ein. Die große Trägheit schlägt wieder über dem Städtchen zusammen.

Und die Mutter trägt noch immer graue Seidenkleider an Sonn- und Feiertagen, und sie sieht schlecht.

Alle Farben verblassen, die Geräusche verstummen, Freude und Schmerz rücken einander näher und verschmelzen zu Gleichgültigkeit. Man darf das langsame Verdorren der Menschenpflanze nicht stören mit gewaltsamen Einbrüchen. Man darf nicht hingehen und in die tauben Ohren schreien: »Ich bin's, Mutter, schau mich doch an.« Es wäre eine Lüge; denn wer einmal gegangen ist, wird nicht mehr aufgenommen. Er kommt nicht zurück als der, der er vor seinem Weggang war, und auch die geblieben sind, sind nicht mehr, die sie waren. So dachte Betty, als sie am Haus ihrer Mutter vorüberging. Sie blieb nicht stehen und sah sich nicht um nach dem Ort, der ihr als Kind als das Paradies erschienen und der in ihren Träumen viel wirklicher war als in Wirklichkeit.

Mit gesenktem Kopf ging sie daran vorüber und bog in die Straße ein, die zum Friedhof führte.

Erst nach längerem Suchen fand sie das Grab ihres Vaters. Es schien ihr ganz fremd, der Genius, der die Fackel senkt, war genau das, was ihr Vater zeitlebens mit Mißtrauen und heimlicher Verachtung betrachtet hatte. Das Grab war mit kleinen, fettigrot glänzenden Blüten bepflanzt, deren fleischiger Glanz unangenehme Vorstellungen in Betty weckte.

Sie setzte sich auf die steinerne Einfassung des Grabes und versuchte an ihren Vater zu denken. Sie erinnerte sich viel deutlicher des Vaters ihrer Kindheit, des großen, dicken Mannes, der ein so guter Spielkamerad war, als des alten, graublassen Kranken seiner letzten Jahre.

Betty wußte nichts über ihren Vater, kein einziger Satz aus seinem Mund fiel ihr ein, den nicht auch jeder andere unzählige Male in seinem Leben sagte.

In einem Aufsatz, betitelt ›Mein Vater‹, hätte sie schreiben müssen: Er liebte gutes Essen, den Anblick hübscher Frauen, seine Familie, die Gartenarbeit, gewisse Zigarren, »anständiges« Benehmen, den Sommer, die Morgenstimmung, sehr heißen Kaffee, bequemes Schuhwerk, große graue Katzen und alles, was unter den Begriff »Ordnung und Vernunft« fiel. Er fürchtete sich vor Fleischfliegen, dem Magenkrebs und älteren weiblichen Verwandten. Er verabscheute Unruhe, Schlamperei, häßliche Frauen, geckenhafte Männer, kalten Kaffee, überspannte Ideen, Hunde, alles, was nach »Frauenrecht« roch, schmutzige Hände, flegelhaftes Benehmen und Regenwetter.

Und manchmal ging mein Vater barfuß durch das taunasse Gras und summte dazu.

Natürlich hätte sie diesen Aufsatz viel länger schreiben können, aber sie wußte, daß auch auf tausend Seiten nicht mehr gestanden wäre, daß sich das Wesentliche gar nicht in Worten ausdrücken ließ und sie es selbst nur manchmal ganz unbestimmt geahnt hatte.

Er hatte seiner einzigen Tochter die grauen Augen vererbt, den Schönheitssinn und eine unglückliche Liebe für Ordnung und Vernunft.

Zeitlebens hatte er sich einen raschen, sauberen Tod gewünscht und war nach zwei Jahren der erniedrigendsten Quälereien an Urämie gestorben.

Ein ganz zielloser Haß überfiel Betty bei dieser Erinnerung. Für ihren Vater war es jetzt gleichgültig, ob er eine Stunde oder zwei Jahre gelitten hatte, mit seinem Tod hatte es jede Bedeutung verloren und war so gut wie nie geschehen. Von einem Leben blieben nur Kinder, Vermögen und Werke zurück, aber losgelöst von ihrem Erzeuger, ohne Bezug auf ihn, auf den nichts mehr Bezug haben konnte, da es ihn nicht mehr gab.

Aber immer noch bohrte der dumpfe Haß in ihr; sie versuchte, sich einzureden, daß sie ihren Vater nicht mehr lieben könne. Denn was konnte man an ihm noch lieben, die Knochen in der Erde oder was sonst? Seine Güte, die aus dem Lächeln seines Mundes aufgeleuchtet hatte, wo war sie geblieben, nun, da sein Mund längst zerfallen war? Selbst wenn sich seine Seele noch irgendwo befinden sollte, Betty konnte keine Seele ohne Leib lieben.

So saß sie also auf dem Grab ihres Vaters und liebte ihn, den es nicht mehr gab, und haßte den, der ihn vor seinem Tod zu einem grauen, röchelnden Stück Fleisch gemacht hatte. Aber weil Haß und Liebe kein Ziel hatten, richteten sie sich gegen ihr eigenes Herz.

Sie wußte jetzt auch, daß sie niemals geflüchtet wäre, hätte ihr Vater damals noch gelebt. Niemals, solange er am Leben war, hatte sie sich aus dem freiwilligen Gehorsam gegen ihn begeben. Damals, vor zwanzig Jahren, war sie froh gewesen, ihn tot zu wissen. Ihre Mutter, das hatte sie schon als Kind gewußt, war zäh, eigensinnig und ganz unabhängig von anderen Menschen, hart, kühl und stark genug, um jeden Verlust zu ertragen.

Betty dachte daran, wie die Freiheit, die sie sich genommen hatte, unvergleichlich härter zu ertragen war als die Gefangenschaft.

Plötzlich verließ sie alle Kraft. Der Kieselstein, den sie umkrampft hielt, fiel aus ihrer Hand. Sie wünschte weinen zu können, blind und hemmungslos wie ein Kind.

Alles, was sie getan hatte, war sinnlos, ein Mosaik von

winzigen Lebensteilchen, in allen Farben schimmernd und mit viel Grau und Schwarz dazwischen, aber eben nur ein Mosaik ohne Sinn. Vielleicht, daß ein sehr entferntes Auge eine geheime Schrift aus diesem Splitterwerk enträtseln konnte, aber selbst das war kein Trost, solange sie nicht selbst die Schrift entziffern konnte, und das würde ihr niemals gelingen.

Sie wartete eine Weile, aber da sie zu lange Zeit nicht geweint hatte, fehlte ihr jede Übung darin, und sie gab den Versuch auf. Ergeben legte sie den Kopf auf die Knie und blieb sitzen, müde und hoffnungslos, mit dem bitteren Verdacht im Herzen, den falschen Weg gegangen zu sein.

Nach einer Weile fing sie an, sich Vernunft zu predigen. Es war alles geschehen und nicht zu ändern, und im Grund wünschte sie es gar nicht geändert. Wie immer sie ihr Leben gelebt hätte, heute würde sie auf diesem Stein sitzen, mit dem Verdacht im Herzen, den falschen Weg gegangen zu sein. Das Leben war einfach zu stark, um bewältigt zu werden.

Es war töricht von ihr gewesen, den Friedhof aufzusuchen. In einer letzten Anwandlung von Ekel zerdrückte sie eine der fleischroten Blüten und sah einen rötlichen Saft daraus sickern. Sie fuhr mit der Hand über das harte Friedhofsgras und murmelte: »Auf Wiedersehen!«, die letzte Silbe verschluckend, weil ihr die Unsinnigkeit ihrer Worte bewußt wurde.

Ein wenig später saß sie im Stadtpark auf einer Bank und überließ sich einer angenehmen Schläfrigkeit. Gegen elf Uhr kam ein junger Mensch durch den Park. Sie erkannte ihn nicht sogleich. Seine langen, gebräunten Beine glänzten im Licht, und er bewegte sich geschmeidig und zugleich ein wenig ungeschickt, wie junge Leute sich bewegen, die eben anfangen zu denken und langsam ihre natürliche Grazie verlieren.

Manchmal schlug er mit dem Tennisrakett gegen irgendwelche für Betty unsichtbare Fliegen oder auch nur nach den Schatten der Buchenblätter.

Betty, aus der schläfrigen Mittagswärme auftauchend, unterdrückte großmütig ein wenig Neid auf seine gesunde Jugend und lächelte. Im selben Augenblick erkannte sie ihn an der Art, wie er den Kopf nach links geneigt trug, genau wie sie selbst es tat.

Auch Toni hatte sie erkannt. Er winkte mit dem Tennisschläger und war mit ein paar langen Schritten vor ihrer Bank.

Betty lächelte noch immer und fragte: »War's schön?«

»Sehr!« Seine Augen leuchteten auf in der Erinnerung an den Genuß des Spieles.

»Wollen Sie mir noch ein wenig Gesellschaft leisten?« lud sie ihn ein und bereute es sogleich, denn zweifellos hatte er Besseres zu tun, als sich zu einer älteren Frau zu setzen, die ihm völlig gleichgültig war. Es machte gewiß mehr Vergnügen, über den Marktplatz zu gehen, die Blicke der Frauen auf den Schultern zu spüren, ein Glas eisgekühlte Milch zu trinken oder einfach zu gehen und zu atmen, betäubt vom Dunst des nahen Mittags.

Elisabeths (nachlässig erzogener) Sohn hätte sich gewiß unter irgendeinem Vorwand entschuldigt, Käthes (wohlerzogener) Sohn aber unterdrückte jede Spur von Ärger und setzte sich höflich dankend an ihre Seite.

Betty geriet in Verlegenheit; eigentlich wünschte sie gar nicht, mit ihm zu sprechen, sondern wollte ihn nur in aller Ruhe betrachten.

Sehr brav saß er neben ihr, das Rakett über die nackten Knie gelegt, eine leichte, verlegene Röte auf den Backenknochen. Sie sah, wie sich seine Zehen in den schmutzigweißen Tennisschuhen krümmten, aber er gab der Anwandlung nicht nach, mit ihnen auf dem Kiesweg zu scharren, und Betty fühlte sich gerührt und an die junge Elisabeth erinnert, die ihre Knöchel zu beißen und Servietten zu zerknüllen pflegte.

Schließlich kam aber doch ein Gespräch in Gang über seine Studien, die bevorstehende Prüfung und das Theater in der Hauptstadt. Aber Betty war zerstreut und mußte einige Male mit einem raschen Lächeln verbergen, daß sie nicht genau auf seine Worte gehört hatte. Sie sah sein Gesicht vor dem Hintergrund der Parkmauer, die langen Wimpern, die dunkelgrauen Augen, die die ihren waren, nur feucht und glänzend vor Jugend, und jene blaue Ader an der linken Schläfe, die sie von ihrem Spiegelbild kannte. Sie sah auch die blonden Härchen auf den Wangen, die Rinne zwischen Nase und Mund und die kleinen, runden Vertiefungen der Mundwinkel.

Die alte, brennende Neugier überfiel sie wieder, das Verlangen, mit den Fingerspitzen über dieses Gesicht zu streicheln und seinen Geheimnissen auf die Spur zu kommen. Wie mochte es sich anfühlen, kühl, heiß, glatt oder körnig? Das Blut fing an, in ihren Fingern zu pochen, und sie steckte die Hände in die Taschen des Kleides.

Dann verebbte die Neugierde. Toni hatte eben etwas gesagt und sah sie jetzt erwartungsvoll an. Seine Stimme war wohltönend, aber er konnte sich nicht gewandt ausdrücken.

Er müßte sprechen lernen, dachte sie, alles müßte er lernen, alles. Sie erwog, ob sie ihn einladen sollte, und für einen Augenblick bezauberte sie dieser Gedanke. Sie konnte ihn noch formen und alles aus ihm machen, was sie wünschte. Ihr Herz tat einen harten Schlag, dann war auch diese Versuchung vorübergegangen.

Er war gut so, wie er war, noch tief in der Bewußtlosigkeit der Jugend. Man durfte ihn nicht plötzlich wecken, ja vielleicht war es ihm nicht bestimmt, jemals zu erwachen, und die trockene, harte Verzweiflung blieb ihm erspart, die auf das Erwachen folgt.

Mit einer vorsichtigen Bewegung nahm sie eine kleine Raupe von seinem Ärmel und ließ sie ins Gras fallen. Abscheu verzog seinen vollen Mund bei diesem Anblick, und seine langen, wohlgeformten Finger spreizten sich abwehrend.

Es ist gut, dachte Betty, daß ich ihn nicht eingeladen habe, ich wäre kaum der richtige Umgang für ihn.

»Ich will Sie nicht länger aufhalten«, sagte sie, und: »Leben Sie wohl!« Als er sich vor ihr verbeugte, waren seine Augen sanft und gedankenlos verträumt.

Sie sah ihm nach, wie er durch die Buchenallee ging, entdeckte die rötlichen Schatten in seinen Kniekehlen und spürte, wie ihr Mund vom dauernden Lächeln schmerzte.

Wo war das blonde Kind geblieben, das von seinen Bausteinen aufsah und fragte: »Kommst du bald wieder, Mama?« Stak es im schlanken Leib des Jünglings oder führte es nur noch in ihren Träumen sein heimliches Leben?

Drei Tauben liefen über den Weg und trippelten auf roten Füßen vor ihr auf und nieder. Der Täuberich warf den Kopf zurück, schüttelte sein schillerndes Gefieder und gurrte. Die beiden Weibchen drehten sich schlank und sanft vor ihm und pickten im Sand.

Betty sah sie an, ohne sie wirklich zu sehen. Schwindel überfiel sie. Die große Leere in ihrer Brust begann plötzlich die Welt an sich zu saugen.

Laut aufrauschend, in einem rasenden Wirbel, stürzte es in sie, die Tauben, der Springbrunnen und das zitternde Licht auf den Wegen.

Dann wurde es still. Betty löste die verkrampften Finger von der Lehne der Bank und atmete tief.

Der Park lag entzaubert vor ihr, seines Glanzes beraubt.

Immer, solange sie sich erinnern konnte, war es so gewesen, und es würde so sein bis zu ihrem Tod. Sie war eine Diebin und trug die geraubte Welt mit sich fort.

In ihr schillerte das Gefieder der Tauben, das Wasser zerstäubte in Regenbogenfarben über dem Teich, und vor einem unendlichen Himmel senkten sich glänzende Wimpern über graue Knabenaugen.

Als Toni Pfluger an diesem Abend nach Hause kam, lag seine Stiefmutter im Garten in einem Liegestuhl und las in einem umfangreichen Roman, während sie aus einer Tüte Konfekt naschte.

Toni, als er sie so hingestreckt liegen sah, fand sie immer noch einen angenehmen Anblick, in ihrer sanften Fülle und mit den blühenden Farben.

Zuneigung regte sich in ihm für diese Frau, die soviel Wärme und Behagen verbreitete und nichts dafür verlangte als ein bißchen Freundlichkeit und Nachsicht.

Er zog einen Rohrsessel heran und setzte sich zu ihr. »Gott sei Dank«, bemerkte er, »daß wir das hinter uns haben. Wir können zufrieden sein. Findest du diese Mrs. Russel nicht ein wenig merkwürdig, Mutter?«

»Sehr«, bestätigte Käthe undeutlich, weil sie gerade ein Bonbon unter der Zunge liegen hatte. »Sie sieht jemandem gleich, den ich gut gekannt habe, aber es ist nur eine oberflächliche Ähnlichkeit.«

»So«, sagte Toni, »einer Frau?«

»Ja, natürlich.« Käthe nahm mit zierlichen, runden Fingern ein neues Bonbon aus der Tüte. »Einer Frau, die längst tot ist.«

»Nun«, sagte Toni, »manchmal schien sie fast ein wenig unheimlich, geistesabwesend oder krank.«

»Findest du?« Käthe sah freundlich in die Augen Elisabeths, die sie aus seinem Gesicht ansahen. »Vielleicht hat sie ein besonders trauriges Leben hinter sich. Heutzutage kommt ja so viel vor.«

Toni, alarmiert, beschloß das Gespräch zu beenden, ehe seine Stiefmutter sich weiteren Vermutungen über Mrs. Russels bitteres Leben hingeben könne.

»Wie es auch sei«, sagte er forsch, »uns hat sie jedenfalls Glück gebracht.«

»Ja«, sagte Käthe, »das hat sie«, und wandte sich wieder ihrem Roman zu.

Toni zog an seiner Zigarette und lehnte sich in den Sessel zurück. Er war zweiundzwanzig Jahre und saß im Mittelpunkt der Welt. Wenn er die Hand danach ausstreckte, konnte er das Glück einfangen und festhalten. Aber hochmütig verzichtete er darauf.

Eine unendliche Reihe von Tagen lag vor ihm, das Leben hatte noch nicht einmal begonnen, und der Tod war eine dumme Fabel. Vor Behagen seufzend, zertrat er die Zigarette auf dem weichen Boden, dann sprang er auf, dehnte sich und reckte die Arme zum abendlichen Himmel.

»Er hat Mythen, Poesie und Geschichte eines großen Kontinents in Worte gefaßt.« Doris Lessing

Jäger verfolgen Wolfsspuren im Schnee: Zwei kleine Mädchen und ein Junge spielen in einem Winkel von Australien diese Szene nach, als plötzlich ein hinkendes Geschöpf auf sie zukommt, halb Mensch, halb Tier, wie es scheint. Malouf erzählt die Geschichte eines englischen Jungen, »dem wilden Kind«, der viele Jahre lang unter den Aborigines lebte und plötzlich in die Welt der Weißen zurückkehrt, auf der vergeblichen Suche nach seinen Erinnerungen. Die großen Themen dieses Romans sind der Verlust und die Wiedererlangung von Identität, die Beziehung zwischen Wörtern und Dingen, die Entwurzelung und die Sehnsucht nach einer bleibenden Statt.

Dublin IMPAC Preis 1996

David Malouf
Jenseits von Babylon
Roman

ZSOLNAY

Aus dem Englischen von Adelheid Dormagen. 240 Seiten. Leinen, Fadenheftung.

Zsolnay Verlag

Marlen Haushofer
im dtv

»Was das Werk der Österreicherin prägt und es so faszinierend macht, ist bei all seiner Klarheit sanfte Güte und menschliche Nachsicht für die ganz alltäglichen Dämonen in uns allen.«
Juliane Sattler in der ›Hessischen Allgemeinen‹

Begegnung mit dem Fremden
Erzählungen
dtv 11205

Die Frau mit den interessanten Träumen
Erzählungen
dtv 11206

Bartls Abenteuer
Roman
dtv 11235
Kater Bartl, Held der Katzenwelt und unumstrittener Liebling von Eltern und Kindern.

Wir töten Stella und andere Erzählungen
dtv 11293
»Marlen Haushofer schreibt über die abgeschatteten Seiten unseres Ichs, aber sie tut es ohne Anklage, Schadenfreude und Moralisierung.«
(Hessische Allgemeine)

Schreckliche Treue
Erzählungen
dtv 11294
»...Sie beschreibt nicht nur Frauenschicksale im Sinne des heutigen Feminismus, sie nimmt sich auch der oft übersehenen Emanzipation der Männer an...«
(Geno Hartlaub)

Die Tapetentür
Roman
dtv 11361
Eine berufstätige junge Frau lebt allein in der Großstadt. Die Distanz zur Umwelt wächst, begleitet von einem Gefühl der Leere und Verlorenheit. Als sie sich verliebt, scheint die Flucht in ein »normales« Leben gelungen...

Eine Handvoll Leben
Roman
dtv 11474
Eine Frau stellt sich ihrer Vergangenheit: Zwei Jahrzehnte sind vergangen, als sie unerkannt in das Haus ihrer Familie zurückkehrt. Sie hat damals eine Ehe und eine Affäre aufgegeben. Nun steht sie ihrem Sohn gegenüber.

Marie Luise Kaschnitz
im dtv

»Was immer sie schrieb – ob Lyrik oder Prosa, ob Erinnerungen oder Tagebücher –, es zeichnet sich durch kammermusikalische Intimität aus. Sie war eine leise Autorin. Gleichwohl ging von ihren besten Büchern eine geradezu alarmierende Wirkung aus.«
Marcel Reich-Ranicki

Der alte Garten
Ein Märchen
dtv 11216
Mitten in einer großen Stadt liegt ein verwilderter Garten, den zwei Kinder voll Neugier und Abenteuerlust für ihre Spiele erobern. Aber die Natur wehrt sich gegen die ungestümen Eindringlinge... Ein literarisches Gleichnis für den sorglosen Umgang mit unserer Welt.

Griechische Mythen
dtv 11758
Bekannte und weniger bekannte Mythen hat Marie Luise Kaschnitz in diesen frühen, sehr persönlich gefärbten Nacherzählungen dargestellt.

Lange Schatten
Erzählungen
dtv 11941

Wohin denn ich
Aufzeichnungen
dtv 11947

Überallnie
Gedichte
dtv 12015

Das Haus der Kindheit
dtv 12021
Eine faszinierende Reise in die Kindheit. »Eine unheimliche Erzählung, eine Fabel nach der Tradition bester Spukgeschichten, spannend und schön erzählt, und auch an Kafka mag man denken, bei aller Existenzangst und allen Daseinszweifeln unserer Gegenwart.« (Wolfgang Koeppen)

Engelsbrücke
Römische Betrachtungen
dtv 12116
»Das Rom-Buch inspiziert eine Stadt unter dem Deckmantel der Verschwiegenheit... Die scheinbar lose zusammengesetzten Prosastücke bilden ein Mosaik der Selbstbefragung.« (Hanns-Josef Ortheil)

Christa Wolf im dtv

»Grelle Töne sind Christa Wolfs Sache nie gewesen; nicht als Autorin, nicht als Zeitgenossin hat sie je zur Lautstärke geneigt, und doch hat sie nie Zweifel an ihrer Haltung gelassen.«
Heinrich Böll

Der geteilte Himmel
Erzählung
dtv 915

Nachdenken über Christa T.
dtv 11834

Kassandra
Erzählung · dtv 11870

Voraussetzungen einer Erzählung: Kassandra
Frankfurter Poetik-Vorlesungen
dtv 11871

Kindheitsmuster
Roman · dtv 11927

Kein Ort. Nirgends
dtv 11928
Fiktive Begegnung zwischen Karoline von Günderrode und Heinrich von Kleist.

Was bleibt
Erzählung · dtv 11929

Störfall
Nachrichten eines Tages
dtv 11930

Im Dialog
dtv 11932

Sommerstück
dtv 12003

Unter den Linden
Erzählung
dtv 12066

Gesammelte Erzählungen
dtv 12099

Auf dem Weg nach Tabou
Texte 1990–1994
dtv 12181

Medea. Stimmen
Roman
dtv 12444

Die Dimension des Autors
Essays und Aufsätze, Reden und Gespräche 1959–1985
SL 61891

Christa Wolf/Gerhard Wolf:
Till Eulenspiegel
dtv 11931

Binnie Kirshenbaum im dtv

»Wer etwas vom Seiltanz über einem Vulkan lesen will, also von den Erfahrungen einer kühnen Frau mit dem männlichen Chaos, dem sei Binnie Kirshenbaum nachdrücklich empfohlen.«
Werner Fuld in der ›Woche‹

Ich liebe dich nicht
und andere wahre Abenteuer
dtv 11888

Zehn ziemlich komische Geschichten über zehn unmögliche Frauen. Sie leben und lieben in New York, experimentierfreudig sind sie alle, aber im Prinzip ist eine skrupelloser als die andere... »Scharf, boshaft und irrsinnig komisch.« (Publishers Weekly)

Kurzer Abriß meiner Karriere
als Ehebrecherin
Roman · dtv 12135

Eine junge New Yorkerin, verheiratet, linkshändig, hat drei außereheliche Affären nebeneinander. Sie lügt, stiehlt und begehrt andere Männer. Daß sie ein reines Herz hat, steht außer Zweifel. Wenn sie nur wüßte, bei wem sie es verloren hat, gerade. »In diesem unkonventionellen Roman ist von Skrupeln keine Rede. Am Ende fragt sich der Leser amüsiert: Gibt es eine elegantere Sportart als den Seitensprung?« (Franziska Wolffheim in ›Brigitte‹)

Ich, meine Freundin und all diese Männer
Roman · dtv 24101

Die beiden Freundinnen Mona und Edie haben sich im College kennengelernt und sofort Seelenverwandtschaft festgestellt. Sie sind entschlossen, ein denkwürdiges Leben zu führen. Und dabei lassen sie nichts aus... »Teuflisch komisch und frech. Unbedingt lesen!« (Lynne Schwartz)

Penelope Lively im dtv

»Penelope Lively ist Expertin darin, Dinge von zeitloser Gültigkeit in Worte zu fassen.«
New York Times Book Review

Moon Tiger
Roman · dtv 11795
Das Leben der Claudia Hampton wird bestimmt von der Rivalität mit ihrem Bruder, von der eigenartigen Beziehung zum Vater ihrer Tochter und jenem tragischen Zwischenfall in der Wüste, der schon mehr als vierzig Jahre zurückliegt.
»Ein nobles, intelligentes Buch, eins von denen, deren Aura noch lange zurückbleibt, wenn man sie längst aus der Hand gelegt hat.« (Anne Tyler)

Kleopatras Schwester
Roman · dtv 11918
Eine Gruppe von Reisenden gerät in die Gewalt eines größenwahnsinnigen Machthabers. Unter ihnen sind der Paläontologe Howard und die Journalistin Lucy. Vor der grotesken Situation und der Bedrohung, der sie ausgesetzt sind, entwickelt sich eine ganz besondere Liebesgeschichte ...

London im Kopf
dtv 11981
Der Architekt Matthew Halland, Vater einer Tochter, geschieden, arbeitet an einem ehrgeizigen Bauprojekt in den Londoner Docklands. Während der Komplex aus Glas und Stahl in die Höhe wächst, wird die Vergangenheit der Stadt für ihn lebendig. Sein eigenes Leben ist eine ständige Suche, nicht nur nach der jungen Frau in Rot ...

Ein Schritt vom Wege
Roman · dtv 12156
Annes Leben verläuft in ruhigen, geordneten Bahnen: Sie liebt ihren Mann und ihre Kinder, führt eine sorgenfreie Existenz. Als ihr Vater langsam sein Gedächtnis verliert und sie seine Papiere ordnet, erfährt sie Dinge über sein Leben, die auch ihres in Frage stellen. Doch dann lernt sie einen Mann kennen, dem sie sich ganz nah fühlt ...